특성화고에서 만나요

KB103807

특성화고에서 만나요

지은이 강주성

발 행 | 2021년 3월 26일
펴낸이 | 한건희
펴낸곳 | 주식회사 부크크
출판사등록 | 2014.07.15.(제2014-16호)
주 소 | 서울특별시 금천구 가산디지털1로 119 SK트윈타워 A동 305호
전 화 | 1670-8316
이메일 | info@bookk.co.kr

ISBN | 979-11-372-4065-0

www.bookk.co.kr

특성화고에서 만나요

강주성 지음

BOOKK

CONTENT

프롤로그

특성화고등학교와 마이스터고등학교의 진로에 대한 이야기를 하려고
해요.

제자들의 학위연계형 일·학습병행제 취업처를 발굴하면서 알게 된
어느 기업체 임원께서 그러시더군요.
중학교 학부모님들이 특성화고·마이스터고 정보를 잘 파악하게 되면
자녀들의 고등학교 진학 문제를 좀 더 심각하게 고민하게 될 거라고요.
무조건 일반계 고등학교로 진학시키진 않을 거라는 얘기인 거죠.

이 회사는 학위연계형 일·학습병행제를 실시하고 있는 기업이었기에
임원분께서도 자녀를 둔 학부형 입장에서 느낀 점이 많았을 거예요.
학위연계형 일·학습병행제는 비유컨대 취업과 대학 졸업이라는 두 마
리 토끼를 한 번에 잡는 것뿐만 아니라 동시에 여러 마리의 토끼를
잡을 수 있었으니까요.

왜냐하면 이 회사에서 근무하고 있는 특성화고등학교 · 마이스터고등학교 졸업생들은 평일에는 회사 근무를 하지만 주말에는 대학교에 가서 공부하며 학비 지원과 병역 특례 등의 혜택도 받고 있었거든요.
당연히 월급도 정상적으로 받고 있죠.

벌써 학위연계형 일·학습병행제로 대학교를 졸업한 직원들도 있는데요. 연구소에 근무하고 있는 직원은 전공학과 수석 졸업까지 했어요.
고등학교 3학년 2학기 때 실습생으로 입사해서 이제는 회사에서 경력과 기술력 그리고 경제력도 쌓으면서 국방의 의무도 마친 대졸 경력 사원이 된 거예요.
회사에서 없어서는 안 될 인재로 성장을 한 겁니다.

물론 특성화고 · 마이스터고를 졸업한 모든 친구들이 이와 같은 상황은 아닐 거예요.
각자의 관심사와 학교생활에 따른 졸업 이후의 진로도 다양할 테니까요.

그러나 다시금 생각해 봐도 진로의 방향,
진로 설정이 장래에 미치는 영향은 상당한 것 같아요.
진로 진학은, 막연한 선택이 아닌 현실적인 정보를 바탕으로 숙고해서 지혜롭게 결정하는 것이 중요하다고 강조하고 싶은 거예요.
책을 쓰게 된 동기가 되었어요.

최근 10년간 특성화고등학교와 마이스터고등학교에서 제자들의 취업처를 발굴하고 공기업, 대기업, 중견기업, 중소기업 취업과 학위연계형 취업의 길을 열어줬던 실무자로서의 진로정보를 이 책에 담았는데요.

진로 설정의 가장 중요한 시작점이며 진로 선택의 첫 분기점인 중학생들과 학부모님, 중학교 선생님들에게 특성화고등학교와 마이스터고등학교의 일반적인 정보가 아닌 직접 경험한 내용을 제공하는 데 역점을 뒀어요.

그리고 특성화고등학교 · 마이스터고등학교에 재학 중인 친구들에게는 이 책의 이야기가 성공하는 진로에 보탬이 되도록 심혈을 기울였어요.

현장 경험을 담은 책의 내용을 자기 것으로 잘 승화시켜서 가치 있는 인생을 열어가시길 소망합니다.

강주성

PART 01

특성화고에서 달리자

특성화고등학교

인생에서 가장 중요한
성취감을 맛볼 수 있다!

취업+진학을 다 잡을 수 있다!

무기력증에서 새로운 세상에 도전하게 된다!

1, 2학년 때 자격증 취득하면 달리게 된다!

새로운 성적표를 받아 볼 수 있다!

01 특성화고 어때요?

제자들의 취업처 발굴을 위해 수많은 기업체들을 찾아다녔어요.
회사를 방문해서 인사담당 팀장님, 이사님 혹은 대표이사님과 채용상
담을 하다 보면 특성화고등학교에 대한 대화로 이어지게 되는 경우가
많았는데요. 특히 그분들의 자녀들이 중학생인 경우에 질문은
"선생님 말씀을 들어보면 특성화고에 자식을 보내고 싶은 마음이 드
는데, 특성화고에 대해서 솔직한 견해를 말씀해달라고....."
이건 조금 전의 채용상담할 때보다도 훨씬 진지한 분위기로 돌변하게
돼 곤했었어요.
진로상담 나온 것도 아닌데요.
좋은 말만 해줄 수도 없고....
그동안 학교에서 봐온 안 좋았던 것 들을 있는 그대로 말해줄 수도
없고....
자신 있게 특성화고등학교에 보내라고 말할 수 없었던 슬픈 기억들이
있습니다.

당시 특성화고 근무경력이 2~3년 밖에 안됐을 때의 시각이었기에
'친구들을 잘 사귀면 된다'라는 통상적인 구절을 읊을 수밖에 없었어
요.

근무했던 학교에서의 안 좋았던 것들이란, 사고 친 아이들로 인한 회
의가 자주 있었는데다가 흡연학생들의 문제가 있었고, 쉬는 시간에는
쌩쌩하니 날아다녔던 아이들이 수업 시간만 되면 매가리 없이 숙면모
드로 변하기 일쑤였고,
선생님의 합당한 지시에도 대들고 불이행하는 학생들을 여럿 봤었으
니까요.

학교마다의 상황은 사뭇 다를 수도 있겠지요.
중학교에서 우수한 학생들이 입학하는 명문 특성화고등학교들도 많으
니까요.

그런데 있잖아요.
특성화고등학교 경험이 쌓이면서..
아이들과 접하는 기회가 많아지면서..
아이들과의 소통 능력이 향상되면서..
취업시킨 제자들의 성공담이 늘어나면서..
취업진로교육으로 시야가 넓어지면서..
특성화고 예찬론자로 변화하고 있는 내가 되고 있더라고요.

이제는 소신 있게 말할 수 있어요.

공부에 소질이 있고 목표가 있으면 일반계고등학교 진학이 당연할 수 있지만 장래가 불투명하다고 판단되고 직업교육에 관심이 있다면 특성화고등학교 또는 마이스터고등학교 진학도 생각해 보라고요.

단, 슬기로운 조건을 달아야겠어요.

지원하는 전공과목이 자기 특성에 맞고 노력해야 된다는 거예요.

전공과목이 흥미와 특성에 맞는 것 같아서 입학했는데 막상 공부를 해보니 안 맞는 거 같다고 생각되어도 후회하지 않기를 바랍니다.

그럴 때일수록 후회하기보다는 좀 더 전공과목에 달라붙어 보라고 독려해 주고 싶어요.

나 역시도 전공이 흥미와 적성에 맞지 않다고 섣부르게 판단해서 겉돌았던 학창 시절이 있었어요.

회피하지 않고 좀 더 전공과목에 달라붙었어야 했는데라는 후회가 아주 오래도록 남아 있어요.

그때 누군가 나에게 전공과목이 맞고 안 맞고를 떠나서 전공 공부에 최선을 다해본 후에 판단하라고 독려해 줬으면 좋았을 텐데요.

사람 복이 없었어요. ^^

지금까지도 전공과목을 섣불리 포기한 후회의 여운이 남아있을 정도예요.

물론 어디서 건 노력하면 그 결과가 따르겠지만 특성화고등학교에서 더 좋은 기회를 만들 수 있다고 보는 거죠.

목표도 없이 무조건 대학 진학을 위해 일반계고를 선택하기보다는 특성화고 선택이 현명한 결정일 수 있다는 뜻이에요.

거기에다가 좋은 선생님, 열정 있는 선생님을 만나면 금상첨화 일 텐데요.

그리고 10년 전 특성화고에 처음 근무할 당시와는 달리 학교 분위기도 좋게 변화하고 있어 보여요.

지금 언론에 자주 나오고 있듯이 몇몇 유명인들의 학창 시절에 저지른 학교폭력이 오랜 시간 지났어도 잊히지 않고 폭로되면서 사회적으로 질타를 받고 있잖아요.

멋모르고 저질렀던 행동들을 지금에 와서는 뼈져리게 후회하고 있을 거예요. 피나는 노력으로 애써 쌓아올린 명성이 한순간에 물거품이 돼버리는 상황이 됐으니 말이죠.

지금은 그런 학교폭력 관련 문제는 현저히 줄어든 것 같고요.

무엇보다 아이들 간의 관계를 걱정하는 측면이 제일 컸었는데 상담을 해보면 끼리끼리 재밌게 잘 지낸다고 하네요.

예를 들면은, 공부하는 친구들은 비슷한 친구들과 어울려서 잘 지내고 있고요.

동아리 친구들끼리 잘 다니고, 학생회 간부들끼리 잘 어울리고,

기능 전공생들끼리 붙어 다니고, 노는 아이들끼리 어울리고,

진학을 준비하는 친구들과 공무원, 공기업, 대기업 등의 취업을 준비하는 아이들은 서로서로 정보를 공유하며 어울리고요.

그렇게 같이 소통하면서 성장하는 시기가 학창 시절이 아닐까 싶어요.

그리고 중요한 Tip이 있어요.

특성화고등학교에 입학하면서 완전 새로운 시작이다.라고 결심한 친구는 정말 신세계를 맛볼 수 있을 겁니다.

왜냐고요?

조금만 노력하면 지금까지 한 번도 받아보지 못했었고 공부 잘하는 친구들만의 것으로 여겼던 1등, 2등 혹은 3등의 성적표를 받아볼 수 있기 때문이고요.

부모님의 놀라움과 칭찬은 좋은 성적 유지의 길로 입문할 수 있는 촉매제가 될 테니까요!

좋은 성적을 유지하고 싶은 욕심은 여태껏 온종일 게임에만 매달렸던 무기력증의 늪에서 서서히 빠져나오면서 내면의 잠재력이 발현되는 터닝포인트가 될 수 있으니까요!

그리고 3학년까지 내달릴 수 있는 원동력이 될 테니까요!

물론 곳곳에 고수들은 있기 마련이에요.

이젠 겨뤄볼 만하잖아요.

잘난 친구들이 없으면 싱거울 거예요.

02 자격증 10개 취득했어요

　어떤 친구가 특성화고등학교에 입학해서 정말 새로운 시작을 했어요. 1학년 시작부터 성적관리는 물론 기능사 자격증 취득에도 도전한 거예요.

기계과 1학년 때 필기시험 5개 종목
(컴퓨터응용선반기능사, 컴퓨터응용밀링기능사, 기계가공조립기능사, 용접기능사, 특수용접기능사)을 합격하고,

실기시험 2개 종목
(컴퓨터응용선반기능사, 컴퓨터응용밀링기능사)에서 최종 합격하여 기능사 자격증 2개를 취득했어요.

한국산업인력공단의 국가공인자격증을 특성화고등학교 기계과 1학년 학생이 2개씩이나 취득한 거죠.

컴퓨터응용선반기능사	2016.07.21	2016.09.23
컴퓨터응용밀링기능사	2016.07.21	2016.12.16
기계가공조립기능사	2016.09.28	2017.03.31
용접기능사	2016.09.04	2017.06.09
전산응용기계제도기능사	2017.01.22	2017.06.23
특수용접기능사	2016.09.04	2017.09.29
위험물기능사	2017.09.02	2017.12.29
지게차운전기능사	2017.08.10	2018.05.02
설비보전기능사	2018.02.02	2018.06.29
생산자동화기능사	2018.04.13	2018.09.14

자격증 10개 취득 사진

1학년 때의 자격증 시험 최종합격은 자신감을 끌어올리게 되는 계기가 되었던 것 같아요.

이런 성취감의 경험은 그 무엇과도 바꿀 수 없는 인생의 밑거름이 될 거라고 믿어요.

그것도 고등학생 시절에 이뤄낸 성공·성취의 경험은 앞으로 살아가는데 어떤 일을 하더라도 지지 않는 용기를 낼 수 있게 해줄 거예요.

2학년에 올라가서는 1학년 때 필기시험만 붙었던 3개 종목(기계가공조립기능사, 용접기능사, 특수용접기능사)의 기능사 자격증 포함해서 5개 종목(전산응용기계제도기능사, 위험물기능사, 기계가공조립기능사, 용접기능사, 특수용접기능사) 실기시험에 최종합격해서 자격증 5개를 취득했고 3학년 때는 전공과목 이외의 자격증 3개(지게차운전기능사, 설비보전기능사, 생산자동화기능사)를 더 취득해서 사진에서 보듯이 도합 10개의 기능사 자격증을 취득했어요.

대단하지요.

이 친구는 학교 성적도 우수했고 고등학교 3년 개근에다가 성실성은 물론 말할 것도 없이 좋았어요.

졸업 후의 진로를 대기업보다는 기술을 배울 수 있는 중소기업에 취업을 희망했는데요. 그 이유는 기술을 습득하면서 대학 진학 병행과 병역 특례를 받고 싶었기 때문이에요.

희망한 대로 학위연계형 일학습병행제 기업에 선생님 추천으로 입사해서 근무를 잘하고 있어요.

평일엔 회사 근무를 하면서 기술 습득과 경력도 쌓고 주말에는 한국산업기술대학교에서 학업을 수행하고 있답니다.

월급을 타면 시골에 계시는 부모님께 꼬박꼬박 생활비를 보내는 효자이기도 하지요.

게다가 군 복무를 대체하는 산업기능요원으로 병역 특례까지 받아서 몇 년 후면 국방의 의무를 마치고 대학교도 졸업한 대졸 경력사원이 될 거예요. 엔지니어로 승승장구하길 바랄게요.

기능, 기술직 및 전문직은 경력이 상당히 중요해요.

경력은 더 좋은 조건의 회사로 옮기거나 급여와 진급에 영향을 줄 뿐만 아니라 나이가 들어서도 경력 많은 전문가로서 경제적 어려움 없이 살 수 있기 때문이에요.

이 책을 읽는 특성화고등학교 2학년 친구들도 늦었다고 생각하지 말고 바로 시작하면 돼요.

3학년은 의무검정에 만족하지 말고 +1개, 그러니까 자격증 2개는 따길 바랍니다.

국가공인자격증은 누구나 딸 수 있는 것이 아니기에 할머니, 할아버지, 엄마, 아빠, 형제나 주변에 자랑할만한 거예요.

한번 따놓은 자격증은 평생을 갈 수 있는 것이고 졸업하고 나서는 자격증 시험에 합격하기가 쉽지 않으니 특성화고나 마이스터고 재학 중에 꼭 취득해 놓길 바랍니다.

자격증 취득이라는 성취감을 특성화고등학교에서 꼭 잡으세요!

고등학교에 이룬 성취감은,

이 성공의 경험은 살아가는데 용기를 줄 거예요.

특성화고등학교를 졸업하면서 자격증 하나도 따지 못한 친구들도 있어요.

반면에 2~3개 이상의 자격증을 딴 친구들도 많아요.

자격증 취득은 스펙뿐만 아니라 자신감이 생겨요.

자격증을 취득했다는 건 학교생활을 열심히 했을 것이고 성실했다는 방증도 되는 거고요. 졸업 후에 취업진로의 방향이 달라질 수도 있어요.

회사에서 누구를 채용할 건지는 뻔하잖아요.

당연히 회사는 자격증 있는 사람을 선호할 거예요.

간혹, 대학교 간다고 안 딸 거예요~~, 하는 친구들도 있어요.

특성화고에 와서 자격증 하나 못 따고 졸업하면... 할 말 없네요.

어리석다고 면박조차 주고 싶지 않았어요.

공업계 특성화고등학교는 전공과목에 따라서 취업맞춤반이라는 제도가 있어요. 취업맞춤반으로 병역특례 지정기업에 취업하면 군대 복무를 회사 현장 근무로 대체하는 산업기능요원이 될 수가 있는 거죠.

그런 병역 특례를 받으려면 해당 기업에서 요구하는 직무관련 기능사 자격증이 반드시 있어야 하는데요.

어떤 친구는 병역특례 지정기업에 취업은 했는데 학교 다닐 때 자격증 취득 기회를 놓치는 바람에 회사 다니면서 자격증을 딸려다 보니 쉽지가 않았던 거예요.

병역 특례 혜택을 받고는 싶었지만 회사 재직 중에 응시했던 자격증 시험에 계속 떨어져서 결국 병역 특례자 지정을 못 받고 입대할 수밖에 없었지요.

상업계 특성화고와 농생명계 특성화고도 자격증을 취득했는지, 못했는지.. 또는 어떤 자격증을 갖고 있는가에 따라 취업이 결정될 수 있어요.

회사는 직무와 연관되는 자격증 취득한 사람을 선호할 수밖에 없잖아요.

컴퓨터 활용능력 자격증도 1급까지 도전해보세요.

컴퓨터 활용능력은 정말 모든 분야에서 필요하고 채용 시험에서 가산점도 받을 수 있으니 취득해 놓으면 여러모로 유익하게 쓰일 거예요.

학교 다닐 때 따놓은 자격증이 앞으로 살아가면서 요긴하게 쓰일 때가 있을 겁니다.

특성화고-마이스터고 전형 공무원 시험이나 공기업, 대기업을 목표로 하는 친구들은 관련 자격증을 취득해놔야 되어요.
지원자격조건에 포함되고 혹은 합격, 불합격의 결정타가 될 수도 있기 때문이에요.

그리고 대학 진학에 있어서도 특성화고·마이스터고 졸업 자격 자만 입학 대상이 되는 재직자특별전형이나 일반계 고등학교 학생들과도 경쟁해야 하는 조기취업형 계약학과 합격에 영향을 끼칠 수가 있어요.

왜냐고요?
재직자특별전형에 합격하려면 전공 관련 자격증이 있어야 유리할 것이고요. 조기취업형 계약학과의 경우에는 2단계 전형인 기업체 면접에서 회사 직무에 필요한 자격증을 갖고 있는 경쟁자가 있다면 누구에게 좋은 평가를 하겠어요.
이왕이면 다홍치마잖아요.

03 취업과 대학진학 다 잡았어요!

취업과 대학 진학 다 잡을 수 있어요!

취업도 하고 대학 진학도 무시험 전형으로 둘 다 이룰 수 있는 곳이 특성화고등학교와 마이스터고등학교예요.

알고 있는 정보인데도 활용하지 못하고 몰라서 못하는 친구들과 학부모님들도 많은 것 같은데요.

중요한 진학진로 정보이니 참고하셔서 진로계획을 짰으면 좋겠네요.

① 조기취업형 계약학과 & 합격
② 재직자특별전형 및 성인학습자전형
③ 학위연계형 일·학습병행제
④ 계약학과 제도

순서대로 설명할게요.

⓵ 조기취업형 계약학과 & 합격 사례

 특성화고등학교와 마이스터고등학교의 다양한 대학입학 무시험전형 중에서 먼저 조기취업형 계약학과와 합격 사례를 소개할게요.

일반계 고등학교도 지원이 가능해요.

이 제도는 학생부종합전형이고 2018년도에 사업이 시작돼서 입학은 2019년부터 본격적으로 이뤄졌어요.

선생님들과 학부모님들도 모르시는 분들이 많은 것 같더라고요.

조기취업형 계약학과를 실시하는 대학은

2019년까지는 한양대학교 ERICA(안산), 한국산업기술대학교, 목포대학교, 전남대학교, 경일대학교이었으나 2020년에 가천대학교, 동의대학교, 순천향대학교가 선정돼서 8개 대학으로 늘어났어요.

2019년 8월 20일 수원에서 했던 조기취업형 계약학과 수도권 입시 설명회에 참석해서 각 대학교의 입학담당자 및 입학사정관들로부터 구체적인 전형방법을 들을 수 있었는데요.

대부분 고등학교의 담당교사들이 참석한 반면, 한 학교에서만 유독 학부모님과 학생들이 많이 왔더군요. 학교 담당교사가 인솔해서 온 것 같았는데 선생님의 열정을 엿볼 수 있었어요. 질의문답을 할 때는 역시 학부모님들의 질문이 가장 많았던 것 같고 열띤 질문에 설명회 분위기가 상당히 진지했던 기억이 나네요.

조기취업형 계약학과는 대학교와 협약하고 참여한 기업에 수시 또는 정시전형으로 지원하는 방식인데요. 전형에 합격하면 1학년 때는 회사엔 출근하지 않고 대학교에서만 집중학습을 받으며 2학년부터는 회사를 다니면서 학업을 병행하게 돼요. 회사에 다니면 당연히 월급을 받게 되고요. 3학년을 마치면 3년 만에 조기졸업으로 4년제 학사학위를 취득할 수가 있는 제도예요.

수업료는 장학금과 지원금이 있어서 학생은 일부만 분담하는데 1학년 정규학기는 전액 장학금으로 지원해 줘요.

한양대학교(ERICA) 학년별 수업료 및 수업료 분담표를 예로 볼게요.

학년	정규학기 수업료	계절학기 수업료	수업료 분담
1	463만원	약 78만원	• 정규학기 : 희망사다리장학금으로 지원 • 계절학기 : 학생 50% 부담
2~3	463만원	약 26만원	• 정규학기 및 계절학기 : 기업 50%, 학생 50%

※출처: 한양대학교 ERICA 스마트융합공학부

조기취업형 계약학과에 참여하는 협약기업의 기업가 정신은 칭찬해야 한다고 봐요. 기업의 입장에서는 직원을 선발해놓고도 1학년 1년 동안 회사에는 출근시키지 않고 대학에서만 집중교육을 받게 해주고요. 2학년 때부터는 회사에 근무하면서 학업을 수행할 수 있도록 지원하며 인재를 육성하는 거예요.

조기취업형 계약학과에 합격하기 위해서는 학생부종합전형이기 때문에 출결관리는 물론이고 학교성적이 중요해서 고등학교 1학년 때부터 성적관리를 잘해야 돼요.

입시일정은 각 대학의 전형일자와 동일하며 전형 방식은
1단계는 학생부 서류 전형으로 5배수 또는 2배수 합격시키고
2단계는 지원한 기업 담당자가 참여하는 면접전형으로 진행해서 최종
합격을 결정하기 때문에 성적관리와 면접 준비를 잘해야 되겠지요.

조기취업형 계약학과를 실시하는 대학 중에서 한양대학교 ERICA(안산) 교육과정과 모집요강을 살펴볼게요.

조기취업형 계약학과란?

□ 사업 주관 조직 및 운영 부서: 교육부, KIAT(한국산업기술진흥원)
□ 사업설명:
- 조기취업형 계약학과는 개인의 진학욕구와 조기 취업 목적 달성.
  중소·중견기업의 기업 맞춤형 인재 조기 확보라는 두가지 모두를
  충족코자 KIAT(한국산업기술진흥원), 교육부가 공동으로 마련한
  새로운 교육모델
- 3년 교육과정을 통해 학사학위 수여 (2학년부터 기업체 근무하며 학업)
- 운영방식: 기존의 채용조건형(이론중심)과 재교육형(실무중심)
  계약학과의 혼합형으로서 3년6학기제로 운영

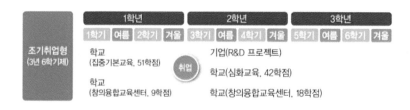

□ 한양대학교 ERICA 조기취업형계약학과

　전공별 모집인원 및 커리큘럼

1) 참여학과(공학대학 스마트융합공학부 4개 전공)별 모집분야

전공	소재·부품융합전공	로봇융합전공	스마트ICT융합전공	건축IT융합전공
모집분야	반도체산업 (장비, 재료, 화학) 표면처리·도금회사 화학철강 및 비철금속 제조기술자 자동차/조선용 소재·부품 기술자	로봇개발연구원 로봇 소프트웨어 개발 로봇설계 분야 인공지능 분야 생산기술 분야	소프트웨어 개발 (IoT,블랙체인 ICT플랫폼) 빅데이터 전문가 게임개발 및 서비스	건축설계,엔지니어링 (구조, 전기, 소방, 기계, 설비, 토목 등) 건설관리,건설소프트웨어 BIM
선발예정인원	40	50	30	30

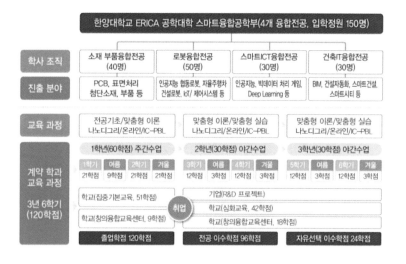

2021학년도 수시전형 모집요강

□ 학생부 종합평가 평가기준

평가요소	평가내용
학업성취도	고등학교 재학 기간 중 학업능력과 수준
적성	전공 관련분야에 대한 관심과 노력, 학문적 발전 가능성
인성	배려·나눔·협력 등의 품성, 공감 소통하는 능력

□ 동점자 처리기준

구분	내용
1순위	1단계 학생부 종합평가 [총점] 상위자
2순위	학생부종합 평가 영역 중 [적성] 성적 상위자

□ 면접 방법 및 시간
- 면접방법 : 기업체별 면접평가 위원에 의한 면접
  (기업체별 면접방법 상이)
- 면접시간 : 기업체별 면접시간 상의

구분	일정	비고
1단계 합격자 발표	2020. 10. 27.(화)	면접 유의사항 및 2단계 접수방법 공자 입학종합정보 홈페이지(goerica.hanyang.ac.kr) 참고
2단계 합격자 발표	2020. 10. 28.(수)~10. 30.(금)	
예비대학	2020. 10. 31.(토)	장소 : 한양대학교 ERICA
지원기업체 내방 상담	2020. 11. 2(월) ~ 11. 4.(수)	(기업체 소재지)내방하여 상담 및 업무능력 검사 기업체별 상담 일시는 8월 31일 이후 공지
2단계 면접고사	2020. 11. 5(목) ~ 11. 7.(토)	기업체 면접 진행 기업체별 면접 일시는 8월 31일 이후 공지

☐ 면접평가

구분	내용
면접대상	1단계 합격자에 한하여 면접 실시
평가항목	업무해결능력, 적응력, 인성 등
준비물	수험표, 신분증
유의사항	기업체 면접고사 불참 또는 일정점수 이하의 경우 최종합격자 선발대상에서 제외

☐ 조기취업형 계약학과 전형일정

- 2단계 기업체 면접고사는 기업체가 지정하는 일시에 교수1명+기업체1명이상으로 면접관을 구성하여 교내에서 면접 진행(*기업체별 1인이상 교내내방 필수)

- 2단계 기업체 면접고사 전 면접대상자를 지원기업체에 직접 내방하게 하여 상담 및 업무능력 검사 실시 가능
  * 기업체별 실시여부 및 일정지정(미실시 가능)
  - 기간 : 11.2(월)~11.4(수)
  - 장소 : 기업체 소재지내 기업체 지정장소

※출처: 한양대학교 ERICA 스마트융합공학부

※ 모집인원 및 입학관련 문의는 입학연도에 따라 변경될 수도 있으므로 홈페이지 https://sce.hanyang.ac.kr 확인바랍니다.

작년에 조기취업형 계약학과로 한양대학교에 합격한 친구는 중학교에서의 성적은 가정 사정 등으로 인해 좋지 못했었던 것 같아요.

특성화고등학교에 진학하면서부터 새로운 각오로 공부한 결과, 1학년 첫 번째 성적을 반에서 1등으로 받은 거예요.

생애 최초로 1등을 먹었으니 본인은 물론 엄마도 깜짝 놀랐겠지요.

집안의 기대가 상승했겠고 이 친구는 생애 최초 1등의 성적을 놓치지 않고 끝까지 달리고 싶었던 거예요. 자신감도 붙었고요.

성적 유지에 최선을 다한 덕분에 3년간 상위권 성적을 놓치지 않았고 출결관리도 잘해와서 3년 개근이었어요.

3학년에 들어와서 진로희망조사를 하면서 이 친구를 처음 만났는데 그때까지도 취업을 할 것인지 진학을 할 것인지 갈팡질팡한 채 막연히 진학을 염두에 두고 있는 것 같았어요.

따로 불러 상담하면서 취업과 진학을 동시에 이룰 수 있는 조기취업형 계약학과 전형을 설명해 줬더니 그제서야 정신이 번쩍 드는지 망설임 없이 조기취업형으로 가고 싶다고 하더라고요. 비로소 조기취업형 계약학과라는 입학 전형을 알게 돼서 진로를 결정했으니까 이제부터는 합격을 목표로 박차를 가했지요.

만약에 떨어지면 취업을 먼저 하고 나중에 진학하는 것으로 가족들과도 의견을 모았어요.

면접 대비 교육을 중심으로 하면서도 공과계열이기에 수학 공부를 독려했고 아직은 전형 일정 발표 전이라 지원할 기업이 결정되지 않았으므로 직업윤리 교육과 자기소개 발표 등에 역점을 두었는데요.

수학 공부를 독려하는 이유는 수리능력이 요구되는 회사의 면접에서 기초 수리능력 TEST를 하는 경우가 종종 있기도 하거니와 공과대학 학업 수행을 하려면 수리능력을 갖춰야 되거든요.

직업윤리 교육을 시킨 이유는 취업에 임하는 마음가짐을 다지게 해줄 목적이 있었어요.

자기소개 발표를 그냥 면접 과정 중의 하나로 여겨 줄줄 외어서 형식적으로 발표하려는 친구들이 있는데요. 자기소개는 자신의 강점과 호감을 면접관들에게 부각시킬 수 있는 좋은 기회이기 때문에 준비를 잘해놔야 돼요. 설령 면접관들이 자기소개 발표를 시키지 않더라도 자기소개를 당당히 할 수 있는 준비가 안 되어있다면 면접을 잘 볼 수가 없거든요.

이 친구는 면접 교육받으면서 발표력도 부족했지만 준비 소홀로 나한테 많이 혼났어요.

야단을 칠 만큼 정성을 들였었죠.

다시 올 수 없는 기회를 잡게 해주고 싶었던 거죠.

드디어 기다리던 서류전형이 시작됐어요.

한양대학교 조기취업형 계약학과 참여기업들 중에서 특성화고등학교에서 전공한 분야로 출퇴근이 가능한 회사에 지원했어요.

다른 기업에는 복수지원이 안되기 때문에 신중하게 선택을 해야 됐어요. 입학 전형 홍보가 덜 된 덕분인지 생각보다 경쟁률은 낮았지만 한양대학교 1단계 학생부 전형 합격자를 발표하는 날에는 새벽같이 일어나 출근할 정도로 내가 더 긴장했던 것 같아요.

진로를 코칭하고 지도한 책임감이 따랐기 때문이에요.

이렇게 새로운 길을 내는듯한 진로 길잡이는 열정과 상당한 책임감이 수반되기에 남모르는 스트레스에 시달릴 때가 있어요.

그것도 다름 아닌 아이들의 진로 문제이기에 더한 압박감이 있었지요.

잘 되더라도 아무런 대가도 없고 누구도 알아주지 않는데도

잘못 풀리기라도 하면 원성뿐만 아니라 자책감에 괴롭거든요.

1단계 전형은 합격했어요.

그때부터 본격적인 면접 대비 교육을 시작했는데요.

지원한 회사에 대한 정보는 한양대학교에서 제공한 기본정보와 회사 홈페이지 등을 통해서 파악하게 하고, 입사하게 되면 해야 할 업무에 대한 지식 공부도 시켰지요.

면접 대비는 예상 질문과 탐침 질문 위주로 연습을 했었어요.

탐침 질문에는 아이들의 대응력이 약하기에 교육시간마다 꼬리 무는 질문으로 고민하게 만들고 반복적인 연습이 필요했어요.

다행히도 노력한 보람이 있었는지 2단계 기업 담당자 면접에서 좋은 평가를 받아 최종 합격을 했습니다.

합격통지서

전형명 : 조기취업형계약학과
대 학 : 공학대학
모집단위 : 로봇융합전공
수험번호 :
성 명 :
생년월일 : 20

위 사람은 2020 학년도 본 대학교 조기취업형계약학과 전
형에 합격하였음을 통지합니다.

2019년10월31일

한양대학교총장

집안에서는 생각지도 않았던 한양대학교 합격이라는 경사에다가
취업마저 동시에 이뤄졌으니 이만저만 기쁜 게 아니었나 봐요.
지도한 선생님으로서 보람은 있었어요.

이번에는 한국산업기술대학교 조기취업형 계약학과 작년 모집요강과
교육과정을 살펴볼게요.

2021학년도 한국산업기술대학교
수시 모집요강

■ 전형요소

전 형		모집인원	전 형 요 소
정원외	학생부종합(채용조건형 계약학과) -조기취업형	120명	1단계(2배수) : 서류평가 100% 2단계(1배수) : 면접 100%(합/불)

■ 전형별 주요변경사항

전형	변경내용
학생부종합(채용조건형 계약학과) -조기취업형	① 전형방법 - 1단계(5배수) : 서류 100% → **1단계(2배수) : 서류 100%** 2단계 : 1단계성적 60% + 면접 40% → **면접 100%(합/불)** - 2:1 면접 → 동일

■ 모집인원

대학	모집학과	모집인원
기업인재대학 (계약학과)	ICT융합공학과	70명
	융합소재공학과	25명
	창의디자인학과	25명

□ 선발기준: 1단계에서는 학생부 교과성적과 비교과활동을 종합적으로 정성평가하여 평가점수 순으로 모집인원의 2배수를 선발(동점자는 전원 선발)하고, 2단계에서는 면접전형 합격자 중 면접 성적의 합산 총점 순으로 최종합격자 선발.

※ 모집인원은 입학연도에 따라 변경될 수도 있으니 입학처에 확인 바랍니다.

□ 서류 평가영역 및 반영방법면접

평가자료	평가요소	평가방법
학교생활기록부	학업역량, 전공적합성, 인성	교과성적 및 비교과활동을 종합적으로 정성평가

□ 평가영역 및 면접방법

면접유형	평가영역	면접방법	평가시간
구술면접	직무적합성, 성실성, 공동체 의식 (배려/나눔/협력/갈등관리)	면접관 2명이 개별면접	10분 내외

□ 학교생활기록부 반영방법

전형명	학생부 반영비율(점수)	학생부 반영교과
학생부종합(채용조건형 계약학과)	정성평가	- 전 교과목

- 특성화고교졸업자 전형은 석차등급이 있는 전 교과목 반영(성취평가제 과목 제외)

- 과학 또는 사회교과의 이수단위 수가 같을 경우 경영학부/디자인공학부는 사회교과를 반영함.

- 영어교과에는 '외국어에 관한 교과'도 포함되며(영어와 관련된 과목만 반영) 과학교과에는 '과학에 관한 교과'도 포함됨.

- 졸업예정자는 3학년 1학기까지 성적만 반영함(조기졸업예정자는 2학년 1학기까지)

- 졸업생은 고교 전학기 성적 반영

- 학년별, 교과별 가중치 없음.

□학생부 성적 산출방법 석차등급 환산점수표

석차등급	1	2	3	4	5	6	7	8	9
석차백분율	4.00 이내	4.01 ~11.00	11.01 ~23.00	23.01 ~40.00	40.01 ~60.00	60.01 ~77.00	77.01 ~89.00	89.01 ~96.00	96.01 ~100
환산점수	100	99	98	97	96	94	80	60	25

■ 2007년 2월 및 이전 졸업자의 경우 해당 반영 교과 성적을 석차백분율로 환산하여 적용

▶ 석차백분율 = [석차 + {(동석차인원 - 1) ÷ 2} ÷ 재적수] × 100 (소수점 셋째자리에서 반올림)

모집학과 / 4차 산업혁명에 맞는 최신 트랜드 과목을 중점으로 수업 개설

ICT융합공학과

사물인터넷, 빅데이터, 인공지능,
임베디드시스템, AR/VR 등
기업수요를 반영하여, R&D 인재양성

창의디자인학과

제품/웹/앱/3D컨텐츠 분야의
기업수요를 반영한 창의성과 구현능력을
갖춘 디자인 개발 인재 양성

융합소재공학과

생명, 화학, 전자 등 첨단소재
기업 기술 수요를 반영한
신소재 개발 인재 양성

참여기업

✔ 수도권 내 **기업부설연구소를** 보유한 중소 · 중견기업
✔ 참여 기업자격은 수도권 소재 종업원 **20인 이상** 기업

고용 계약의 유지 가능성을 감안하여 참여기업은 다음과 같은 기준 중 1개 항목 이상 만족할 것을 권고함.

참여기업 기준: ① 상시근로자 20인 이상 기업, 동종업종 복수기업 컨소시엄인 경우 5인 이상 기업
　　　　　　　② 한국신용평가 신용등급 BBB-이상의 등급, 중소벤처기업부 및 산업자원통상부 인정 기업
　　　　　　　③ 월드클래스300, 명장기업, Best HRD기업, 강소기업, 혁신기업 등 대외적 기술력과 발전 방향성,
　　　　　　　　HRD우수성을 인정받은 기업

교육과정 / 3학년 11학기 **(공)학사학위 과정**(120학점)으로 운영

1학년 **주간수업**(63학점)				2학년 **야간수업**(30학점)				3학년 **야간수업**(27학점)		
1학기	2학기	3학기	4학기	5학기	6학기	7학기	8학기	9학기	10학기	11학기
21학점	9학점	24학점	9학점	12학점	3학점	12학점	3학점	12학점	3학점	12학점

학교(집중기본교육, 45학점)	취업	학교(전공심화교육, 36학점)
		기업(R&D 프로젝트 등 OJT, 12학점)
학교(창의융합교육센터, 18학점)		학교(창의융합교육센터, 9학점)

조기취업형 계약학과 4대 강점

 입학과 동시에 취업 100% 보장 학과
/ 대학과 기업이 공동으로 선발 및 채용

 4차 산업혁명 대비한 인재 교육
/ 로봇, 스마트ICT, 소프트웨어 등 융복합학과 개설

 졸업 땐 오히려 돈을 버는 학과
/ 국가장학금과 기업지원으로 등록금으로부터 해방

 4년제를, 3년만에 졸업하는 학과
/ 졸업 후 기업맞춤형 및 R&D 우수인력으로 성장

※출처: 한국산업기술대학교 조기취업형 계약학과

관심을 갖고 지도했던 또 한 명의 친구가 있었어요.

학교 성적은 전공학과에서 중상위권 정도였던 것으로 기억나는데요.

이 친구의 장점은 무엇보다도 성실성과 책임감이 강했어요.

과제를 주면은 어김없이 잘 처리했거든요.

당연히 선생님들이나 친구들에게도 신뢰도가 높을 수밖에 없었겠죠.

3학년에 들어와서 첫 대면을 했어요.

상담을 하다 보니 이 친구 또한 취업을 목적으로 특성화고등학교에 왔지만 지금은 취업과 진학 사이에서 갈피를 못 잡고 막연하게나마 대학 진학을 염두에 두고 있는 것 같았어요.

3학년에 들어와서야 취업과 진학을 동시에 할 수 있는 학위연계형 일학습병행제와 조기취업형 계약학과라는 전형도 있다는 걸 알게 된 거예요.

특성화고등학교나 마이스터고등학교를 나와서 취업을 하고 무시험 전형으로 대학 갈 수 있는 길은 열려 있는데도...

또한 갈수록 취업하기 어려워지고 있는 상황임에도 목표도 없이 무조건 진학하는 분위기 형성이 아이들한테 진로의 갈등을 부추기는 경우가 다반사로 보여요.

이 친구도 취업은 하고 싶었지만 주변의 진학 분위기에 갈등하다가 상담을 마치고 나서야 조기취업형 계약학과 합격으로 목표를 정했어요.

그런데 고민이 생겼나 봐요. 특성화고에서 전공하고 있는 과목이 지원하려는 한국산업기술대학교의 모집 대상에 없다는 거예요.

거듭 망설이다가 나에게 찾아가서 조언을 듣고서야 창의디자인과에 지원하기로 한 거죠. 나한테 오기까지 얼마나 고민했겠어요.

문제는 또 있었어요.

공과대학 학업을 따라가려면 필수요건인 수학 공부를 해야 되고 자격증도 아직 못 따서 반드시 취득해야겠고 성적도 관리해야 되니 정신이 없었을 거예요.

특히, 팽개쳐났던 수학 책을 들여다볼 때마다 어지러웠겠지요.

기술인으로 성공하고 싶은 사람이 수포자가 되면 안 되잖아요.

특성화고등학교에 왔다고 수학을 완전히 포기해서 결정적인 좋은 기회를 놓치며 후회하는 친구들을 여럿 봤었는데요.

수학을 아니 수리능력이 기초도 안되는 바람에 특성화고등학교 채용전형 공기업, 대기업과 명문대 합격을 거의 다 잡았다가 놓치게 된 거예요. 그 친구들보다도 선생님이 더 안타까웠어요.

이 친구도 1학년 때부터 꾸준히 준비해야 될 것들을 3학년에 와서야 다급하게 해야 되니 자신감이 롤러코스터가 되어 버렸는지

어느 날 찾아와서는 아무래도 대학은 포기해야겠다고 그냥 취업만 시켜주면 안 되겠냐고 나약한 모습을 보이더군요.

그날 출장 일정이 있었지만 약속을 늦추면서까지 격려를 해줬던 기억이 있어요.

첫 상담 이후로 눈여겨 봐온 아까운 친구였기에 자신감을 불어 넣어주고 장래를 위해서 이번 기회를 놓치게 하고 싶지 않았던 거죠.

면접 대비 교육을 호되게 시키다 보니 조기취업형 계약학과 전형이 시작됐어요.

1단계 학생부 서류전형 합격,

2단계 기업 담당자 면접에서는 내가 봐왔던 것처럼 면접관님들도 책임감과 성실성에 대해 높은 점수를 주면서 한국산업기술대학교에 최종 합격했습니다.

합 격 통 지 서

수험번호 : 8

성   명 :

학 과 명 : 창의디자인학과 [㈜   ]

위 사람은 2020학년도 본 대학교 수시 종합(채용조건형 계약학과)
전형에 합격하였음을 통지합니다.

2020. 02. 04

한국산업기술대학교 총장

당연히 취업도 확정되었죠.

합격한 친구보다 지도했던 선생님으로서 더 기뻤어요.

② 재직자특별전형 및 성인학습자전형

선취업-후진학의 대명사! 재직자 특별전형을 소개할게요.
특성화고등학교나 마이스터고등학교 졸업 자격자로 3년 이상 산업체 근무경력 있으면 수능시험 없이 대학교에 입학할 수 있는 무시험 전형으로, 서류 및 면접으로 선발하는 제도입니다.
특성화고등학교나 마이스터고등학교 졸업 자격이 있어야 하는데 일반계 고등학교 졸업생은 직업교육과정 이수자만 지원자격이 되어요.
특성화고 학생들 중에는 인문계 고등학교 3학년 학생들이 특성화고등학교에 와서 1년간 위탁교육을 받는 걸 본 적 있을 거예요.
그런 과정을 거쳐서만 특성화고 졸업 자격과 같은 직업교육과정 이수자가 된다는 거예요.

재직자 특별전형은 다수의 4년제 대학교와 전문대학에서 시행하고 있고요.
우수한 특성화고 출신들이 이 전형으로 명문 대학교를 많이 졸업했어요.
건국대학교, 고려대학교, 국민대학교, 서울과학기술대학교, 숙명여자대학교, 인하대학교, 중앙대학교, 한양대학교 등등 전국의 대학교에서 실시하고 있어요.

국립 서울과학기술대학교 미래융합대학
재직자특별전형을 예로 살펴볼게요.

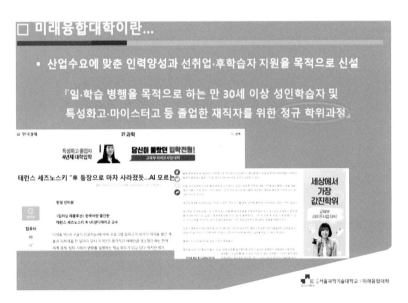

□ 서울과기대 미래융합대학 운영 학과

학 부		주 요 특 징	모 집 인 원		
			정원내	정원외	합계
융합공학부	융합기계공학전공	▪산업현장에서 요구되는 프로젝트 관리, 플랜트 공학, 디자인 공학 및 4차산업혁명으로 다가오는 융합신기술 즉 IoT(사물인터넷), ICT(정보통신기술), 로봇공학, 미래 자동차 등의 전공과목을 개설함으로 써 미래 신산업 신기술 변화에 대응하는 창의적 인재 양성	ICT융합공학 전공		
	건설환경융합전공	▪도로, 교량, 철도, 터널, 공항, 항만, 수로 및 댐 등 사회기간 산업의 계획, 설계, 시공 및 감리 등 인류 문명을 위한 기반적 학문 분야의 전문가 양성 ▪산업계 수요를 반영한 사회 수요 맞춤형 인재 양성			
융합사회학부	헬스피트니스전공	▪현대인의 건강한 삶의 유지와 증진에 필수적인 운동행동 관련 지식을 과학적이고 체계적으로 학습, 연구하고, 그러한 지식을 토대로 건강 100세시대가 요구하는 건강 및 운동행동 전문 인력 양성	48	112	160
	문화예술전공	▪시각예술 분야의 산업화라는 핵심가치를 중심으로, 관련 산업계 수요를 반영한 학문으로부터 문화/예술/공예/디자인/경영에 이르기 까지 문화 예술의 여러 분야 융합인재 양성			
	영어전공	▪21세기를 이끌어 갈 창의적이고 전인적 인재 양성을 목표로, 국제어인 영어를 자유롭게 구사할 수 있는 능력을 키우는 언어교육과 국제화 시대에 요구되는 다양한 영어 관련 전공 교육 제공			
	벤처경영전공	▪창의적 사고와 국제적 안목, 실무역량을 겸비한 전문경영인의 개발을 핵심가치로 설정하고, 조직운영과 사람관리, 제품과 서비스의 생산·운영, 증권시장과 재무관리 등 다양한 경영학 이론들을 제공			
		합계	72	168	240

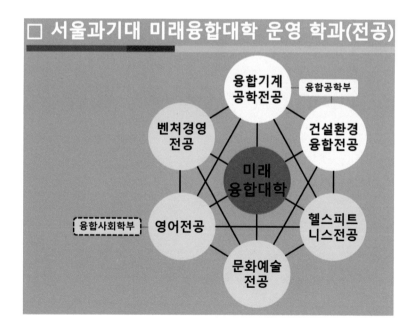

□ 서울과기대 미래융합대학 운영 학과(전공)

□ 서울과학기술대학교 미래융합대학의 특징

- 대학성격: 고등교육법상 일반대학(주간)
- 일·학습 병행
- 등록금 경감(국립대학교)
  - 학점제 및 계열별 차등 부과
  - 일반 단과대학 대비 10% 인하
- 장학금 수혜율 50% 이상 목표

고졸 후학습자 장학금
(희망사다리II 유형)

구분	07 1학기	07 2학기	08 1학기	08 2학기	09 1학기
금액 대비	31%	79%	68%	65%	76%
인원 대비	43%	78%	80%	71%	97%

- 조기 졸업가능

□ 모집 단위 및 모집 인원

모집단위		모집인원	평생학습자 (정원내)	특성화 고졸재직자 (정원외)
융합 공학부	융합기계 전공	80명	24명	56명
	건설환경융합 전공			
융합 사회학부	헬스피트니스 전공	160명	48명	112명
	문화예술 전공			
	영어 전공			
	벤처경영 전공			
합계		240명	72명	168명

* 융합공학부·융합사회학부:1학년말 전공 선택
* 고등학교 전공과 무관하게 지원 가능

※출처: 국립 서울과학기술대학교 미래융합대학

퇴직 전 근무했던 특성화고등학교에서 재직자 특별전형으로 고려대학교에 입학한 졸업생이 있었어요.

고등학교 학업 성적도 좋았고요.

물론 자격증도 취득했어요.

특성화고 다닐 때 다른 친구들은 목표도 없이 무조건 진학하는 분위기에 휩싸였지만 이 친구는 재직자 특별전형 진학으로 일찌감치 진로를 결정했어요. 그리고 진로를 계획한 대로 학교생활을 충실히 하면서 전공학과 분야의 중소기업에 취업한 거예요.

재직자 특별전형 진학과 합격을 위해서 진로 일정을 꼼꼼히 준비한 지혜로운 친구였어요.

지원자격조건인 산업체 근무경력 3년을 넘기고 고려대학교 재직자 특별전형에 지원해서 합격한 건데요. 모교인 특성화고에 와서 고려대학교에 진학한 과정과 학교생활의 소감을 발표해서 공감 어린 박수를 많이 받았어요.

이처럼 특성화고와 마이스터고 졸업 또는 직업교육과정 이수를 해서 3년 이상 산업체 근무경력을 쌓은 후에 무시험 전형으로 대학에 진학할 수 있는 기회는 열려있어요.

장학금도 받으면서요.

평생교육 정책의 일환인 성인학습자 전형도 무시험 전형으로 서류와 면접으로 선발하는 제도예요.

지원자격은 고등학교 졸업 이상의 학력을 갖추고 입학일 기준 나이가 만 30세 이상이 대상인데요.

국립 서울과학기술대학교 미래융합대학을 예로 살펴볼게요.

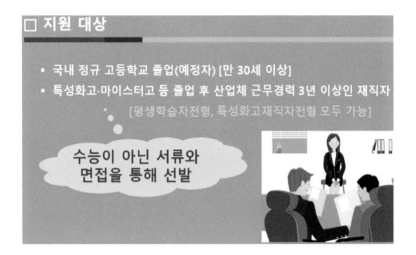

□ 지원 대상

- 국내 정규 고등학교 졸업(예정자) [만 30세 이상]
- 특성화고·마이스터고 등 졸업 후 산업체 근무경력 3년 이상인 재직자

[평생학습자전형, 특성화고재직자전형 모두 가능]

수능이 아닌 서류와
면접을 통해 선발

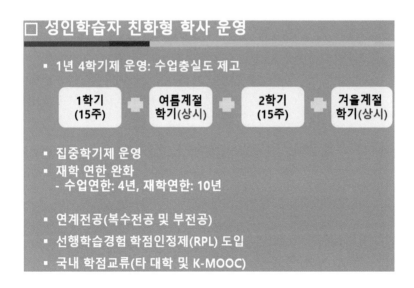

□ 성인학습자 친화형 학사 운영

- 1년 4학기제 운영: 수업충실도 제고

| 1학기 (15주) | ➕ | 여름계절 학기(상시) | ➕ | 2학기 (15주) | ➕ | 겨울계절 학기(상시) |

- 집중학기제 운영
- 재학 연한 완화
  - 수업연한: 4년, 재학연한: 10년
- 연계전공(복수전공 및 부전공)
- 선행학습경험 학점인정제(RPL) 도입
- 국내 학점교류(타 대학 및 K-MOOC)

□ 성인학습자 친화형 학사 운영

- TBL 수업 방식: 혁신적 수업방식 및 교수법
  - 동영상 강의: 일 방향 지식 전달 및 문제 제시
  - 실시간 화상 강의: 양 방향 전달 및 수업 참여 혼합
  - 출석 강의(주말 및 야간): 양 방향(실험·실습+토론식 문제 해결)

Triple Blended Learning

1주차	2주차	3주차
동영상(VOD)강의	실시간 화상강의	출석수업강의
·이론 및 설명위주	·양 방향	·양방향 팀워크
·일방향 지식전달 및 문제제시	·지식전달 및 수업 참여 혼합	·토론식 문제해결
		·실험 및 실습

ZOOM

□ 성인학습자 친화형 교육지원 인프라

□ TBL 전용 강의실

전자칠판형(실습장면)

토론식 전자칠판형

스크린테이블형(고휘도스크린)

스튜디오형 강의실(양방향)

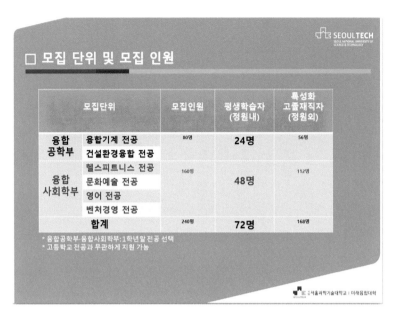

□ 모집 단위 및 모집 인원

모집단위		모집인원	평생학습자 (정원내)	특성화 고졸재직자 (정원외)
융합 공학부	융합기계 전공	80명	24명	56명
	건설환경융합 전공			
융합 사회학부	헬스피트니스 전공	160명	48명	112명
	문화예술 전공			
	영어 전공			
	벤처경영 전공			
합계		240명	72명	168명

* 융합공학부·융합사회학부:1학년말 전공 선택
* 고등학교 전공과 무관하게 지원 가능

※출처: 국립 서울과학기술대학교 미래융합대학

※ 모집인원은 입학연도에 따라 변경될 수도 있으니 서울과학기술대학교 입학처에 확인 바랍니다.

③ 학위연계형 일·학습병행제 이야기

고용노동부 산업인력공단에서 주관하는 학위연계형 일·학습병행제가 있어요. 앞에서 설명한 재직자 특별전형 지원자격은 취업 후 3년 이상의 회사 경력이 있어야 하는데 반해 학위연계형 일·학습병행제는 말 그대로 취업과 동시에 대학교 학업을 병행할 수 있는 거예요.

학위연계형 일·학습병행제를 실시하고 있는 대학교는 한국기술교육대학교, 한국산업기술대학교, 국립공주대학교 공과대학(천안) 등등의 대학에서 시행하고 있어요.

모든 대학과 기업에서 할 수 있는 것이 아니고 학위연계형 일·학습병행제에 선정 된 대학과 기업에서만 운영하는 제도예요.

교육 운영 시스템은 평일엔 정상적인 회사 근무를 하면서 회사 내에서 s-ojt(Structured-On the Job Training) 교육을 받고 주말에만 대학교로 가서 off-jt(Off the Job Training) 전일 수업을 받는 교육과정이고요. 학비도 지원해 주고 있어요.

또한 병역특례도 동시에 병행할 수 있답니다.

졸업은 당연히 일반 대학교와 동일한 4년제 학사학위를 받는 거예요.

그러니까 일·학습병행제는 회사를 다니면서 학업을 수행해야만 학사학위 받고 졸업할 수 있는 건데요.

회사 다니기 싫다고 중도에 퇴사하면 동시에 대학교에서도 재적처리 되는 거죠.

이처럼 상당한 혜택이 있는데도 불구하고 중도에 이탈하는 친구들이 있었어요. 그런 친구들을 보면 참 안타까웠습니다.

그러나 학위연계형 일·학습병행제로 취업시켰던 많은 제자들 중에는 4년 내내 우수한 성적을 유지하면서 수석 졸업한 친구들도 있었는데 중견기업 기술팀과 중소기업 연구소에서 근무하고 있었어요.

학위연계형 일·학습병행제로 한국기술교육대학교를 졸업한 어떤 제자는 공부에 탄력이 붙어서 대학원에 진학을 했고요.

또 다른 제자는 5년간 다닌 회사에서 퇴사하자마자 많은 기업들로부터 러브콜을 받았다고 해요. 병역특례로 국방의 의무도 마친 대졸 경력자였고 거기에다가 기업에서 필요한 분야의 소프트웨어 엔지니어로 성장했기 때문였겠지요. 회사에서는 계속 근속해 주길 바라는 마음이 있으나 당사자의 마음의 작용을 어찌할 수 없으니 경영진에서도 통크게 이 친구의 성공을 위해서 사표를 수리해 준 것 같아요.

중소기업은 인재를 육성시키고 신기술을 개발하며 국가 경제에 기여하고요. 고용을 창출시킴에도 우리 사회가 중소기업에 대해 너무 인색하게 평가를 하는 것 같다는 생각이 자주 드네요.

여하튼 학위연계형 일·학습병행제로 대학을 졸업한 남학생들은 병역특례도 동시에 수행해서 군필자에 대졸 경력사원이 됐고, 대학원에 진학했으며 여학생들은 중견기업의 대졸 경력사원으로, 또 어떤 여학생은 세계적인 기업을 담당하는 대졸 경력의 무역업무 실무자가 됐어요.

일반 대학 졸업자가 그 정도 경력이 되려면 남자인 경우에 30세 나이 정도가 될 터인데요. 왜냐하면 대학 4년간에 군대를 다녀와서 졸업과 동시에 공백 기간 없이 취업을 했다고 하더라도 회사 경력 4~5년 정도의 나이는 어림잡아도 30살은 되지 않을까요.

일·학습병행제로 학사학위 받은 친구들은 고등학교 3학년 2학기에 실습 나가서 일·학습병행하는 4년간 대학 공부하며 회사 근무경력을 쌓고 돈도 벌면서 병역특례를 병행했어요.

그렇게 해서 병역특례로 국방의 의무를 마치고 대학교도 졸업한 경력 4~5년 차가 됐는데 이제 24살, 25살인 거예요.

계속 기술력을 더 키우고 꿈을 펼치면서 경제적으로도 안정되길 바라는 마음입니다.

일·학습병행제를 실시하는 대학교 중에서 대표적인 한국기술교육대학교의 교육과정을 볼게요.

한국기술교육대학교(코리아텍)는

1991년 정부(고용노동부)가 설립한 공학계열 및 HRD(인적자원개발) 특성화 대학으로서 차별화된 교육 프로그램과 창의융합형 인재양성을 통해 대한민국 대학교육의 롤 모델로 자리매김하고 있습니다.
더불어 평생능력개발과 능력중심사회 구현을 선도하는 '세계 초일류 대학'으로 도약하고 있습니다.

교육이념
實事求是(실사구시)

MISSION
실천공학기술자 및 HRD전문가 양성을 통한 국가인적자원개발 선도

VISION 2020
국내 최고의 실천공학과 인적자원개발의 창조적 융합 대학

KOREATECH Way(핵심가치)
창의 · 도전 · 실용 · 책임을 다하는 인재(C³PRo)

대학 연계형
(매년 3월 개강)

학위제도와 연계하여 일학습병행 훈련 운영통해
학위취득 지원

● **지원 자격**
- 신규채용자 또는 훈련개시 일자를 기준으로 고용보험 취득일이
  1년 이내인 자

● **훈련기간 및 시간**
- 신입(4년 8학기제), 편입(2년 4학기제)

● **이수 학점**
- 120학점

● **훈련 내용**
- NCS기반자격 Level수준 및 기업맞춤형 훈련과정 편성

● **운영 방법**
- 도제식 현장 교육훈련(OJT)은 기업 내에서 이루어지며 현장외
  교육훈련(OFF-JT)은 토요일에 대학교 대면수업을 통해 진행 됨

● **훈련수료 후**
- 학사학위 수여, NCS기반 자격 취득 기회 부여

구분	일정	장소	비고
기업모집	상시	–	상시모집
원서접수	1월중순	온라인접수	–
면접·구술고사 실시	2월 중	1캠퍼스	–
최종합격자 발표	2월 중	대학홈페이지	dual.koreatech.ac.kr
등록기간	2월 중	가상계좌	미등록시 합격을 취소함

● 모집단위 및 모집인원

학과명	분야	모집인원
기전융합공학과	기계제어	35명
기계설계공학과	기계설계, 기계가공	30명
강소기업경영학과	마케팅, 생산관리	35명

※ 모집인원 변동 가능
※ 통학버스 운영 : 학기 중 매주 토요일, 총 7회 운영

※출처: 한국기술교육대학교(코리아텍) 일학습병행대학

※ 모집인원은 입학연도에 따라 변경될 수도 있으니 입학처에 확인 바랍니다.

한국기술교육대학교(코리아텍)의 학위연계형 일·학습병행제 학과 소개입니다.

기전융합공학과

교육목표

기전융합공학과는 정부의 일학습병행 사업의 일환으로 지역산업의 수
요에 맞추어 개설된 대학연계형 계약학과입니다. 본 학과는 우리 대학의
메카트로닉스 공학부를 모체로, 기계공학기술에 기반을 두되 전기·전자
공학 및 컴퓨터공학의 지식과 기술을 융합하여 지능형 기계전자 시스템
(smart electromechanical system)을 설계, 구현하는 역량을 갖춘 공학자
(Engineer)를 양성하는데 목표를 두고 있습니다.

인재상

NCS(국가직무능력표준)를 기반으로 개발된 교과과정으로 기계공학과
전기·전자공학의 기초 및 응용분야의 폭넓은 지식들을 통합하여 학습
함으로써 한 분야 지식에만 국한되지 않고 전체 시스템을 통합적으로 볼
수 있는 시스템 엔지니어로, 동시에 전공교육과 HRD교육을 통해 학습근
로자가 직무수행에 필요한 숙련기술과 지식을 전수할 수 있는 학습지도
능력을 갖춘 전문인재로 양성하고자 합니다. 곧, 단순히 기술과 지식의
숙달이라는 관점에서 벗어나, 산업분야의 기술혁신을 주도하는 창의적
이고 유능한 실천공학자로 성장 할 수 있도록 최선의 노력을 다하겠습니
다.

이수요건

구분		학점	수업방식
OFF-JT (대학)	교양	2	출석수업, 플립러닝(블랜디드 포함) 병행
	MSC	12	
	전공	60	
	HRD	6	
OJT (기업)	NCS능력단위 + 기업특화	40	기업현장교사 주도하에 교육훈련 실시 기업전담 지도교수의 감독 및 컨설팅 지원

졸업 이수 학점 120학점

수업연한 4년 (8학기 + 계절학기)

출석수업(OFF-JT) 매주 토요일 (09:00~18:00)

훈련시간 총 2,400시간(OFF-JT 1,200시간 + OJT 1,200시간)

교양 · MSC · HRD 교과목
HRD1,2&3, 영어, 대학수학기초, 공학수학1&2, 물리학1&2, 미적분학

주요 전공필수 교과목
프로그래밍기초, 제어회로설계, 제어신호처리, 기계제어분석, 기계제어요소, 정역학, 재료역학, 구조해석, 신뢰성공학, 기계요소설계,
제어프로그래밍1&2, 3D CAD, 공학개론, 전기제어회로, 소프트웨어공학실습, 제어공학및실습, 디지털제어, 공학회계, 제어성능평가, 유공압시스템,
공정제어설계, 시스템사양서작성, 회로이론, 기계운동공학

학위명 공학사

NCS 자격명 기계제어설계 _L5

기계설계공학과

교육목표

기계설계공학과는 정부의 일학습병행 사업의 일환으로 산업 현장의 수
요에 맞추어 개설된 대학연계형 계약학과로, 첨단산업화 시대에 산업 현
장에서 요구되는 실무 중심형 기계설계 엔지니어 양성을 목표로 운영
하고 있습니다. 이를 수행하기 위하여 산업 현장에서 필요로 하는 직무
(National Competency Standards)를 기반으로 기계공학 관련 이론 지식
학습을 위한 집체교육 OFF-JT와 기업 현장에서 진행되는 맞춤형 현장
교육 OJT(On the Job Training)로 구성된 교과과정을 제공합니다.

인재상

기계설계공학과는 이와 같은 교육목표를 달성하므로 이론과 실무를 겸
비한 현장문제 해결형 인재, 원활한 소통과 협력으로 공존 가치 창출형
인재, 기업의 경쟁 우위 기술 개발을 선도하는 혁신 주도형 인재를 양성
하는데 최선을 다하고 있습니다.

구분		학점	수업방식
OFF-JT (대학)	교양	2	출석수업. 플립러닝(블랜디드 포함) 병행
	MSC	14	
	전공	58	
	HRD	6	
OJT (기업)	NCS능력단위 + 기업특화	40	기업현장교사 주도하에 교육훈련 실시 기업전담 지도교수의 감독 및 컨설팅 지원

졸업 이수 학점 120학점

수업연한 4년 (8학기 + 계절학기)

출석수업(OFF-JT) 매주 토요일 (09:00~18:00)

훈련시간 총 2,400시간(OFF-JT 1,200시간 + OJT 1,200시간)

교양 MSC HRD 교과목
영어, 물리기초, 대학수학기초, 공학수학1&2, 프로그래밍, HRD1,2&3

주요 전공필수 교과목
정역학, 기계공학제도, 3D모델링, 기구학, 기계가공학, 요소설계기초/응용, 재료역학, 동력학, 유한요소모델링, 기계재료학, 정밀측정기초/응용, 구조해석, 기하공차론, 열전달해석, 기계진동학, 설계분석론, 전산유체해석, 제품안전규정

학위명 공학사

NCS 자격명 기계설계(구조해석설계_L4)

강소기업경영학과

교육목표

강소기업경영학과는 정부의 일학습병행 사업의 일환으로 지역산업의 수요에 맞추어 개설된 대학연계형 계약학과입니다. 본 학과는 우리 대학의 산업경영학부를 모체로 일학습 병행의 차별화된 경영교육을 지향하며, 작지만 강한 경쟁력을 지닌 강소기업의 특성화된 핵심인재를 양성하는 데 목표를 두고 있습니다.

NCS(국가직무능력표준)를 기반으로 체계적인 교과과정이 설계되어 있으며, 경영학 기초와 핵심 분야에 대한 이론과 실무를 균형 있게 학습하고 훈련함으로써 기업에서 요구되는 실무형 전문가를 양성하고 있습니다. 마케팅, 생산·운영, 재무·회계 등 전공교육을 통한 창의적 문제해결 능력과 기술과 경영의 통합능력 그리고 커뮤니케이션 능력을 배양하는 동시에, HRD 및 전문교양 교육을 통해 산업현장에서 직무수행에 필요한 지식과 기술을 전수할 수 있는 기업현장교사의 역량을 갖추게 됩니다. 단순히 기술과 지식의 숙달이라는 전통적 관점에서 벗어나, 21세기 새로운 산업사회의 도래와 다이내믹한 경영환경에서 강소기업의 미래를 이끌 혁신 지향적 리더십과 전략적 사고능력을 지닌 경영 리더로 성장할 수 있도록 최선의 노력을 다하겠습니다.

이수요건

구분		학점	수업방식
OFF-JT (대학)	교양	10	출석수업, 플립러닝(블랜디드 포함) 병행
	MSC	3	
	전공	61	
	HRD	6	
OJT (기업)	NCS능력단위 + 기업특화	40	기업현장교사 주도하에 교육훈련 실시 기업전담 지도교수의 감독 및 컨설팅 지원

졸업 이수 학점 120학점

수업연한 4년 (8학기 + 계절학기)

출석수업(OFF-JT) 매주 토요일 (09:00~18:00)

훈련시간 총 2,400시간(OFF-JT 1,200시간 + OJT 1,200시간)

교양 MSC·HRD 교과목
경영통계실습, 영어회화, 비즈니스영어, 창의적사고와글쓰기, 비즈니스커뮤니케이션, HRD개론, 미래탐색과 생애설계, 상담학개론, NCS의 이해

주요 전공 교과목
경영학원론, 마케팅개론, 고객관계관리론, 소비자행동론, 마케팅전략, 광고홍보론, 영어관리론, 신상품개발론, 생산관리, 구매관리론, 재고관리론, 유통관리론, 공급사슬관리, 조직행동론, 회계원리, 관리회계, 재무관리, 서비스운영관리론, 경영전략, 리더십과 기업가정신

학위명 경영학사

NCS 자격명 마케팅전략기획_L5, 생산관리_L5

Campus Life

본 대학은 사계절 멋스러운 캠퍼스에서 산업체의 핵심인재들이 대학생활에 순조롭게 적응하고 글로벌 수준의 미래 역량을 개발하기 위한 최상의 교육환경과 서비스를 지속적으로 혁신하고 있습니다.

❶ 입학식 ❷ 재학생 간담회 ❸ 축제 ❹ 체육대회 ❺ 졸업식 ❻ 도서관 ❼ 학생회관 ❽ 기숙사 ❾ 셔틀버스 운영(토요일, 오전/오후)

※출처: 한국기술교육대학교(코리아텍) 일학습병행대학

우리 친구들의 입장에서는 일·학습병행을 하는 과정 속에서 주말에 쉬면서 놀고 싶을 텐데도 가깝지도 않은 대학교엘 가야 되고 거기에 다가 수월치 않은 학교 과제를 수행하느라 어려움도 많았을 텐데요. 대학교를 졸업한 결과도 중요하겠지만 4년간의 쉽지 않았을 노고의 가치를 높게 평가하고 싶네요.

그것도 산업 현장에서 일하며 공부해서 받은 학사 학위잖아요.

회사를 방문해서 일·학습병행제로 대학을 졸업한 제자들을 대면할 때마다 감회가 새로웠어요. 지금은 일학습병행제가 알려져서 기업체에서 자발적으로 신청도 하고 시행하는 기업들도 많아졌지만 이 사업이 도입되기 시작한 2013년도 하반기와 2014년도에는 학위연계형 일학습병행제에 대해서 전혀 몰랐던 시기였는데요.

제자들의 취업처를 발굴하러 다니며 일학습병행제의 취지와 인재 육성을 위해 대표이사님들을 설득시켰던 기억들이 주마등처럼 떠오르네요. 그렇게 해서 설득한 수십 개의 기업들을 대학교와 연계시키는 중매인 역할까지 하면서 학위연계형 일학습병행제 인증 기업으로 성사시킨 회사에 제자들을 취업 보냈던 거죠.

그뿐만이 아니었어요. 당시 근무를 시작한 학교에서조차 학위연계형 일학습병행제를 전혀 몰랐기에 틈나는 대로 아이들과 상담했고요.

교장선생님, 교감선생님, 담임선생님들과 학부모님들에게 이 제도를 홍보하고 설명했어야 했는데요.

들려오는 뒷담화와 학부모님들의 끝없는 맞춤형 요구에 내가 괜한 일을 벌이고 있는 건 아닌지 갈등도 숱하게 했었지만 아이들을 위해서 뭔가를 해주겠다는 일념으로 달려온 것 같아요.

공기업, 대기업이 아닌 중소기업에 취업하는 아이들에게 취업과 대학 진학의 기회를 제공해서 성공할 수 있도록 챙겨주고 싶은 마음뿐이었어요. 그것도 학비 전액 지원에다가 병역특례도 받을 수 있었거든요.

세월은 흘러서 일학습병행제 기업에 현장실습 보낼 때의 아이들의 모습을 지금은 전혀 찾아볼 수 없을 정도로 의연한 사회인으로 성장했더군요.

농부의 심정과 같았을 감회가 새로웠어요.

이젠 대졸 경력사원이 된 제자들을 보면서 왠지 고마운 마음에 코끝이 찡해지는 감동을 사람들 앞이라 숨겼어야 했어요.

선생님이 준 취업과 대학 진학이라는 선물을 아이들은 4년 동안 재가공하여 빛나는 인생의 가치로 완성시킨 것 같았어요.

인재 육성을 위해 일학습병행 기업으로 참여해 주셨던 고마운 중소기업인들이 계셨기에 지금의 훌륭한 청년들로 성장할 수 있었던 거죠.

현재의 모습을 보면 미래의 모습을 예견할 수 있다고 하는데
이 청년들의 가상한 노력의 미래는 어떠할는지요!

4 계약학과 제도

여기서 소개하는 계약학과는

이 사업을 실시하고 있는 대학교와 협약 및 계약된 회사에 다니면서 대학 공부를 병행하는 무시험 전형이고요. 대학과 계약한 산업체는 교육비의 50% 이상을 부담하고 나머지는 근로자가 부담하여 정규 학위를 취득하는 제도입니다.

회사에서 등록금의 50% 이상을 자원해 줘야 하기에 회사의 역할이 중요한 전형이에요.

한국산업기술대학교, 명지대학교, 숭실대학교, 국립공주대학교 등 여러 4년제 대학교와 대다수의 전문대학에서 시행하고 있어요.

계약학과는 구체적으로 2가지로 나눌 수가 있는데

일반 계약학과는 국가, 지방단체 또는 산업체 등이 소속 직원의 직무능력 향상을 목표로 대학과 계약을 체결하여 정규 학위를 취득할 수 있는 제도로 해당 산업체에서 10개월 이상 근무 경력이 있어야 하고요.

중소기업 계약학과는 대학과 산업체, 학생 3자 간 계약 체결을 기반으로 산업체가 요구하는 내용을 반영하여 설치하고 운영되며 등록금의 일부를 중소벤처기업부에서 지원받아 운영하는 학과로 해당 기업에서 6개월 이상 근무경력이 기준이에요.

계약학과 제도가 활성화되어있고 수도권 전철 1호선에 인접해있는 국립 공주대학교(충남 천안시)의 계약학과를 예로 보도록 할게요.

국립공주대학교
계약학과 안내

■ 계약학과 소개

일반 계약학과란?

국가, 지방자치단체 또는 산업체 등이 소속직원의 직무능력향상을 목표로 대학과 계약을
체결하여 정규 학위를 취득할 수 있는 제도

※ 필요한 경비(등록금)는 산업체(50% 이상)와 재직자(50% 이하) 부담

중소기업 계약학과란?

대학–산업체–학생 3자 계약 체결을 기반으로, 산업체가 요구하는 내용을 반영하여
설치·운영되며, 등록금의 일부를 중소벤처기업부에서 지원받아 운영하는 학과

※ 학사과정: 85%, 석사과정: 65% 중소벤처기업부 지원

■ 지원자격

공통

① 재학기간 동안 해당 산업체에 재직이 가능한 자
② 4대 보험(국민, 건강, 산재, 고용보험) 가입자
③ 산업체장의 추천을 받은 소속 직원(근로소득세를 납부하는 대표자 포함)
④ 학위 과정에 따른 입학자격을 갖춘 자(고등교육법 제33조)
  - 학사과정 : 신입과정 : 고등학교를 졸업한 자, 또는 법에 의해 이와 동등 이상의
                          학력이 있다고 인정된 재직자
               편입과정 : 전문대 졸업(예정)자, 또는 법에 의해 이와 동등한 학력이
                          있다고 인정된 재직자
  - 석사과정 : 학사학위 소지자 또는 법에 의해 이와 동등한 학력이 있다고 인정된 재직자

일반계약학과

① 계약체결일 기준 상시근로자수 5인 이상 사업장에 재직 중인 자
② 입학일 기준 해당 산업체에서 10개월 이상 재직한 자
   ※ 입학 시 지원자가 학생신분일 경우 졸업 이후부터 입학일 기준 10개월 이상 재직한 자
   (학력인정 평생교육시설 학생 제외)
③ 대학과 동일 광역행정구역(시·도 단위) 또는 직선거리 50km 이내 산업체 재직자

중소기업계약학과

① 학기 개시일 기준 참여 중소(중견)기업에서 6개월 이상 재직자
② 졸업일로부터 최소 1년이상 참여기업에 재직이 가능한 자
※ 지원기관 지침에 따라 변동될 수 있음

■ 입시제출서류

구분		제출서류명	수량	비 고
일반계약학과	개인	계약학과 입학원서 및 추천서	1부	산업체장 직인 날인 또는 서명
		학력증명서(졸업, 수료)	1부	
		성적증명서	1부	학사편입 지원자에 한함
		4대 사회보험 가입자 가입내역 확인서	1부	4대 보험 포털사이트 (www.4insure.or.kr)
	산업체	사업자등록증 사본	1부	계약체결 시 제출
		산업체(사업장)의 건강보험적용통보서	1부	가입자 명기(계약체결 시 제출)
		재직증명서	1부	
		원천징수영수증(근로소득지급조서, 근로소득원천징수부로 대체 가능)	1부	입학 직전연도 해당
		근로계약서 사본	1부	해당 지원자 근로계약서

구분		제출서류명	수량	비 고
반도체기계공학과 / 기전공학과	개인	계약학과 입학원서 및 추천서	1부	산업체장 직인 날인 또는 서명
		학력증명서(졸업, 수료) 및 성적증명서	각1부	
		4대 사회보험 가입자 가입내역 확인서	1부	4대 보험 포털사이트 (www.4insure.or.kr)
	산업체	사업자등록증 사본	1부	계약체결 시 제출
		산업체(사업장)의 건강보험적용통보서	1부	계약체결 시 제출
		재직증명서	1부	
		원천징수영수증(근로소득지급조서, 근로소득원천징수부로 대체 가능)	1부	입학 직전연도 해당
		참여기업 신청서 및 입학추천서	1부	
		중소기업 확인서(중소기업만 해당)	1부	중소기업현황정보시스템사이트 (sminfo.mss.go.kr)
		중견기업 확인서(중견기업만 해당)	1부	중견기업정보마당(www.hpe.or.kr)
		최근결산연도 재무제표(중견기업만 해당)	1부	
		근로계약서 사본	1부	해당 지원자 근로계약서

※반도체기계공학과 / 기전공학과는 지원기관의 지침에 의해 변동될 수 있음

구분		학기	등록금액	중소벤처기업부, 산업체, 학생부담금			비고
				중소벤처기업부	산업체	학생	
학사	일반계약학과	매학기	2,300,000		1,150,000 (50%이상)	1,150,000 (50% 이하)	
	반도체기계공학과		2,294,000	1,949,900 (85%)	172,050 (7.5%이상)	172,050 (7.5%이하)	
				688,200 (30%)	802,900 (35%이상)	802,900 (35%이하)	
					1,147,000 (50%이상)	1,147,000 (50%이하)	
석사	기전공학과		2,886,000	1,875,900 (65%)	505,050 (17.5%이상)	505,050 (17.5%이하)	
				865,800 (30%)	1,010,100 (35%이상)	1,010,100 (35%이하)	
					1,443,000 (50%이상)	1,443,000 (50%이하)	

※ 2018학년도 등록금 기준이며, 등록금액은 변동될 수 있음

(금액단위 : 원)

■ 공주대학교 계약학과 운영 현황

연번	구분	학과명	과정	비고
1	학사	생산기계공학과	신 · 편입	
2		금형공학과	신 · 편입	
3		산업경영공학과	신 · 편입	
4		전기전자응용공학과	신 · 편입	
5		반도체기계공학과	편입	중소벤처기업부 지원과정
6	석사	기전공학과	신입R&D과정	중소벤처기업부 지원과정

■ 학사운영

수업운영

학사 과정	- 주1회 주말(토요일) 수강 - 출석수업, 현장실습수업, 원격수업 등

석사 과정	- 평일 야간 및 주말(토요일) 수강

이수구분별 졸업학점 구성표

구분		졸업학점 계	교양선택	전공선택	일반선택
학사	신입과정	120	24	75~	0~21
	편입과정	60	12	36~	0~12
석사		24	–	24	

교양선택

공주대학교 사이버 교양교과목 또는 열린사이버대학(OCU)이수

일반선택

타학과 전공과목으로 학점 이수

전공선택

• 계약학과 교육목표와 특성, 학문변화 발전 등을 고려하여 교과목을 편성
• 계약학과 참여업체의 의견을 고려하여 편성
• 기술력 향상을 위하여 현장프로젝트실습 과목을 4학년에 편성
• 공통직무기초과목을 1~3학년에 매학기 1과목씩 편성
• 학과특성을 고려하여 전공실무 교과목을 매학기 3과목씩 편성
• 계절학기 교과목은 필요할 경우 개설함

생산기계공학과

학과소개

생산기계 분야의 장비 개발 및 설계/제조 공정의 기술, 제조공정 및
생산 관리 분야를 포함하는 전공 분야로서 기계기술자의 소양을 갖춘
전문가를 양성

관련 산업(진출)분야

자동차, 조선해양, 철강소재, 항공기공학, 철도차량, 기계자동화관련
산업분야(기계설비, 산업설비, 생산시스템)건설, 철구조물

금형공학과

학과소개

금형기술에 관한 전문적인 지식과 기술을 습득시키기 위하여
수요자인 산업체와 연계하여 주문식 맞춤형 교육으로 이론과 실습을 병행
이수함으로써 금형 관련 직무에 종사할 수 있는 능력을 갖게 함을 목표

관련 산업(진출)분야

컴퓨터, 반도체 기기, 자동차 기계, 사무용 기기, 광학기계, 완구, 가정용구
건축재, 잡화 등 관련 산업분야(금형설계, 금형가공, 금형자동화 등)

산업경영공학과

학과소개

산업공학의 영역에 경영학의 내용을 접목시킴으로써,
공학적 기술과 경영에 대한 이해를 추구하고, 공학적 정확성에 기인하는
문제해결 능력과 경영적 직관력에 기인하는 선견적 리더쉽을 바탕으로
산업 및 경제 환경 전반을 이끌어나갈 전문가 양성에 초점을 맞춤

관련 산업(진출)분야

생산 및 공정관리, 원가관리, 유통 및 물류, 기획업무, 공공기관 및 금융기관
정보기술 및 시스템 통합 업계의 컨설팅 분야

전기전자응용공학과

학과소개
전기 및 전자 분야의 전공지식을 바탕으로 산업현장에
필요한 전문기술자로서의 응용능력을 갖춘 전문가를 양성

관련 산업(진출)분야
전자, 통신, 자동차, 반도체관련(반도체 제조장비, 디스플레이)
컴퓨터, 전기공사, 발전 관련 분야, 신재생 에너지 관련 분야 등

반도체기계공학과

학과소개
반도체분야의 장비 개발 및 설계, 제조 공정의 기술, 제조공정 및
생산 관리 분야를 포함하는 전공 분야로서 기계기술자의
소양을 갖춘 전문가 양성

관련 산업(진출)분야
자동차, 조선, 플랜트, 반도체, 디스플레이, 자동화, 에너지 분야를
포함한 기계관련 산업분야

기전공학과

학과소개
기계공학 및 전기전자공학의 기술개발 분야에서 활용할 수 있는 R&D 기획
역량 및 프로젝트 수행 역량을 함양함으로써 중소기업 현장의 문제해결형
R&D 전문인력 및 기업 현장에 적용 가능한 이론과 실무능력을
겸비한 전문인력 양성

관련 산업(진출)분야
자동차, 조선, 플랜트, 반도체, 디스플레이, 자동화, 에너지 분야를
포함한 기계관련 산업분야 및 전자, 통신, 자동차 관련 분야

마이스터고등학교에 근무할 당시에 충남 천안시에서 기업을 운영하고 있는 공업고등학교 동문기업인들의 회사를 방문하고 천안지역 동문 모임에 참석한 적이 있었는데요.

그날 만난 20여 명의 동문 대다수가 천안에 있는 국립 공주대학교 공과대학을 졸업했거나 재학 중에 있었어요.

회사를 다니면서도 대학 공부를 병행할 수 있고 등록금도 부담 없는 국립 공주대학교 계약학과에 입학해서 만학도의 길을 간 거지요.

그 얘기를 듣고 나서 그분들 모두가 존경스럽더라고요.

과거에는 대학에 입학하기 위해서는 지금의 수능시험과 같은 대학 입학시험을 봐야만 했었는데 이제는 자신의 노력 여하에 따라 무시험 전형으로 대학교 학업수행은 언제든지 가능한 시대가 된 것 같아요.

04 특성화고·마이스터고 공무원 선발시험

특성화고 · 마이스터고 고졸전형 9급 공무원 시험 정보입니다.
특성화고·마이스터고 졸업(예정)자 대상 기술직 9급 공무원 시험 중
에서 2021년 서울시와 경기도 지방공무원 시험 공고문과
인사혁신처 균형인사과에서 발표한 2021년 지역인재 9급 수습직원
선발시험 공고문을 살펴볼게요.

2021년 서울특별시 소재 특성화고·마이스터고 졸업(예정)자 대상 지방공무원 9급 경력경쟁임용시험 계획 공고

2021년도 서울특별시 소재 특성화고·마이스터고 졸업(예정)자 대상 지방공무원 9급 경력경쟁임용시험 계획을 다음과 같이 공고합니다.

2021년 3월 8일

서울특별시교육청 인사위원회위원장

1. 선발예정인원 및 시험과목

시험명	직군(계급)	직렬(직류)	선발예정인원	필기시험과목(제1·2차 병합 실시)
경력경쟁임용시험	기술(9급)	공업(일반전기)	1명	1차: 물리 2차: 전기이론, 전기기기
		시설(건축)	1명	1차: 물리 2차: 건축계획, 건축구조
		시설관리	20명	1차: 물리 2차: 한국사
합 계			22명	

2. 시험 방법

가. 제1·2차 시험(병합실시): 선택형 필기시험(객관식 4지 택1형, 과목당 20문항·100점 만점)

구 분	경력경쟁임용시험(3과목)	경력경쟁임용시험(2과목)
필기시험	60분(10:00 ～ 11:00)	40분(10:00 ～ 10:40)

※ 시험문제는 17개 시도교육청 공동출제로 이루어집니다.

※ 경력경쟁임용시험 시험과목은 비공개이며 시험 종료 후 문제책을 회수합니다.

※ 필기시험에서 각 과목별 만점의 40% 미만이거나 총점의 60% 미만이면 불합격 처리합니다.

나. 제3차 시험: 면접시험(인성검사 포함) ※ 제1·2차 시험 합격자에 한해 응시 가능

※ 최종(면접)시험 합격자는 「공무원 채용신체검사 규정」에 따른 신체검사를 받아야 하며, 이에 불합격 판정을 받은 자는 공무원으로 임용될 수 없습니다.

다. 2021년 고졸(예정자) 특성화 경력경쟁임용시험 시험과목(출제범위) 안내

시험명	직급	직렬(직류)	시 험 과 목(출제범위)(1·2차 병합시험)
경력경쟁임용시험	9급	공 업(일반전기)	제1차 필수(1) : 물리 제2차 필수(2) : 전기이론, 전기기기
		시 설(건 축)	제1차 필수(1) : 물리 제2차 필수(2) : 건축계획, 건축구조
		시설관리	제1차 필수(1) : 물리 제2차 필수(2) : 한국사

※ 위 시험과목의 출제범위는 2015년 개정 교육과정이 적용됩니다.

3. 시험 일정

추천서 제출기간(학교→교육청)	원서 접수기간(취소기간)	시험구분	시험장소공고일	시험일	합격자발표일
2021. 4. 12.(월) 09:00~2021. 4. 16.(금) 18:00	2021. 4. 19.(월) 09:00~2021. 4. 23.(금) 18:00[취소] 4. 19.(월) 09:00~ 4. 26.(월) 18:00	필기시험	2021.5. 24.(월)	2021.6. 5.(토)	2021.7. 14.(수)
		인성검사	2021.7. 14.(수)	2021.8. 14.(토)	2021.10. 1.(금)
		면접시험		2021.9. 10.(금)	

4. 응시자격

가. 최종(면접)시험일을 기준으로 「지방공무원법」제31조(결격사유)에 해당되거나, 같은 법 제66조(정년)에 해당되는 사람, 「지방공무원임용령」제65조(부정행위자 등에 대한 조치) 및 「부패방지 및 국민권익위원회의 설치와 운영에 관한 법률」제82조(비위면직자 등의 취업제한) 등 기타 관계법령에 따라 응시자격이 정지된 사람은 응시할 수 없습니다.

나. 서울특별시 소재 특성화·마이스터 고등학교 졸업자 및 2022년 2월 졸업예정자로서 학교장 추천대상자 자격 기준을 동시에 충족하여 해당 학교장으로부터 추천을 받은 사람이어야 합니다.
※ 특성화·마이스터 고등학교를 졸업한 각급 대학 중퇴자도 포함(2021.1.1. 현재)
- 추천대상자가 대학에 진학한 경우 중퇴를 증명하는 서류를 확인 후 추천
※ 거주지 제한은 없습니다.

다. 응시연령은 원칙적으로 18세(2003. 12. 31. 이전 출생자) 이상이나 고교 3학년 재학생 중 조기 입학한 17세(2004. 12. 31. 이전 출생자)도 응시 가능합니다.
※ **2023년부터** 특성화고 및 마이스터고 졸업(예정)자 경력경쟁임용시험에 응시하는 졸업자의 경우 졸업일과 최종시험(면접시험) 예정일 사이의 기간이 1년 이내인 자만 응시 가능합니다.

◆ 공업(일반기계, 일반전기), 시설(일반토목, 건축), 시설관리 직렬의 임용예정 직무분야별 해당학과를 이수한 사람

• 아래의 서울특별시교육감 소속 지방공무원 인사규칙[별표8] '임용예정직렬과 전공학과 대비표' 와 직접 관련되는 학과

직렬(직류)	관련 학과
공업(일반전기)	전기, 전자, 원자, 통신, 물리
시설(건축)	건축(건축설비)
시설관리	기계, 자동차(자동차정비), 운전, 판금, 용접, 배관, 기관, 인쇄공업, 계량 전기, 전자, 원자, 통신, 물리 토목(토목건설, 목공), 건축(건축설비) 건축(건축설비)

• 직무분야별 해당 학과는 '국가기술 자격 종목별 관련학과 지정 고시(고용노동부고시 제2012-49호) 직무분야별 학과' 의 학과 명칭을 기준으로 하되, 이와 직접 관련되는 학과도 포함할 수 있음

◆ 본인 학과 성적이 아래 충족한 자

구분1	구분2	성적합산기준
졸업자	2021년 이전 졸업	고등학교 全 학년
	2021년 2월 졸업	
졸업예정자	2021년도 현재 고3	고등학교 1~2학년

학과성적기준 (성취평가제)	
전문교과	성취도 평균 B등급 이상이고, 그 중 50% 이상의 과목의 성취도가 A등급
보통교과	평균 석차비율이 50% 이내이거나 평균 석차 등급이 4.5 이내인 자

- 전문교과 및 보통교과 기준을 모두 충족해야 함
- 성취평가제 도입('12년)으로 전문교과 기준 반영

성취평가제 기준을 적용할 수 없는 경우 아래기준 적용

학과성적기준 (석차비율)
전체 과목에 대한 학업성적이 졸업석차비율 상위 50% 이내인 자

* 고등학교 재학 중 인문계고에서 실업계고로 전학한 경우, 졸업예정자는 2학년, 졸업자는 3학년 관련학과 성적산출이 가능해야 하고, 인문계고 재학당시 보통교과도 학과성적기준을 충족해야 함.

직렬별 가산대상 자격증 소지자 필기시험일 전일까지 취득하여 유효한 자격증에 한함)

○ 아래 표에 제시한 직렬별 해당 자격증을 소지한 응시자에게는 필기시험에서 각 과목 만점의 40% 이상 득점한 자에 한하여 각 과목별 득점에 그 과목별 만점의 일정비율(아래 표에서 정한 가산비율)에 해당하는 점수를 가산합니다.

직 렬	직 류	국가기술자격법에 따른 자격증		기타 법령에 따른 자격증
공 업	일반전기	기 술 사 :	발송배전, 건축전기설비, 전기응용, 철도전기신호, 전기안전, 품질관리, 소방	
		기 능 장 :	전기	
		기 사 :	전기, 전기공사, 철도신호, 전기철도, 산업안전, 승강기, 품질경영, 소방설비(전기분야)	
		산업기사 :	전기, 전기공사, 철도신호, 전기철도, 산업안전, 품질경영, 승강기, 소방설비(전기분야)	
		기 능 사 :	전기, 철도전기신호, 승강기	
시 설	건 축	기 술 사 :	건축전기설비, 건축구조, 건축기계설비, 건축시공, 건축품질시험, 건설안전, 소방	기사자격증 가산비율적용 : 건축사
		기 능 장 :	건축일반시공, 건축목재시공	
		기 사 :	건축설비, 건축, 실내건축, 건설안전, 소방설비	
		산업기사 :	건축설비, 건축일반시공, 건축, 건축목공, 방수, 실내건축, 건설안전, 소방설비	
		기 능 사 :	전산응용건축제도, 타일, 미장, 조적, 온수온돌, 유리시공, 비계, 건축목공, 금속재창호, 건축도장, 철근, 방수, 실내건축, 플라스틱창호	
시설관리	시설관리	기 능 장 :	전기	
		기 사 :	전기, 전기공사, 토목, 건축설비, 건축, 소방설비(전기분야·기계분야), 조경	
		산업기사 :	전기, 전기공사, 기계정비, 토목, 건축설비, 건축, 소방설비(전기분야·기계분야), 조경	
		기 능 사 :	컴퓨터응용선반, 연삭, 컴퓨터응용밀링, 기계가공조립, 생산자동화, 전산응용기계제도, 공유압, 공조냉동기계, 철도차량정비, 자동차정비, 자동차차체수리, 건설기계정비, 양화장치운전, 궤도장비정비, 정밀측정, 용접, 특수용접, 금형, 기계정비, 판금제관, 배관, 동력기계정비, 영사, 승강기, 전기, 철도전기신호, 건설재료시험, 콘크리트, 철도토목, 석공, 전산응용토목제도, 측량, 전산응용건축제도, 타일, 미장, 조적, 온수온돌, 유리시공, 비계, 건축목공, 거푸집, 금속재창호, 건축도장, 철근, 방수, 실내건축, 플라스틱창호, 조경	

※출처: 서울특별시 교육청인사위원회공고 제2021-8호 (2021년 서울특별시 소재 특성화고·마이스터고 졸업(예정)자 대상 지방공무원 9급 경력경쟁임용시험 계획 공고)

2021년도 제2회 경기도교육청 지방공무원 공개(경력)경쟁임용시험 시행계획 공고

2021년도 제2회 경기도교육청 지방공무원 공개(경력)경쟁임용시험 시행계획을 다음과 같이 공고합니다.

2021년 3월 2일

경기도교육청인사위원회위원장

시험방법	선발예정			시 험 과 목
	구분	계급	인원	
경력경쟁 임용시험	공업 (일반기계)	9급	4	1차: 물리 2차: 기계일반, 기계설계
	공업 (일반전기)	9급	7	1차: 물리 2차: 전기이론, 전기기기
	시설 (일반토목)	9급	2	1차: 물리 2차: 응용역학개론, 측량
	시설 (건축)	9급	19	1차: 물리 2차: 건축계획, 건축구조

가. 제1·2차 시험(병합실시): 선택형 필기시험(객관식 4지 택 1형, 과목별 20문항)

구 분	5과목	3과목
시험시간	100분(10:00 ~ 11:40)	60분(10:00 ~ 11:00)

나. 응시 연령

시험 구분	응시 연령	해당 생년월일
공개경쟁임용시험(연구사)	20세 이상	2001. 12. 31. 이전 출생자
공개·경력경쟁임용시험(9급)	18세 이상	2003. 12. 31. 이전 출생자

※ 경력경쟁임용시험에 한하여 2021학년도 고교 3학년 재학생 중 조기 입학한 17세(2004.12.31.이전 출생자)도 응시 가능합니다.

※ 2023년부터 특성화고 및 마이스터고 졸업(예정)자 경력경쟁임용시험에 응시하는 졸업자의 경우 졸업일과 최종시험(면접시험) 예정일 사이의 기간이 1년 이내인 자만 응시 가능합니다.

○ 경력경쟁임용시험: 경기도 소재 특성화고·마이스터고(일반고 특성화학과 포함)의 선발 예정 직렬 해당(관련) 학과 졸업자 및 2022년 2월 졸업 예정자로서 다음의 자격조건을 모두 충족하고 해당 학교장의 추천이 있어야 합니다.

경력경쟁임용시험 자격 조건

○ 아래 해당(관련)학과 졸업자(졸업예정자)

구분	직렬	직류	해당(관련) 학과
경력경쟁임용시험	공업	일반기계	기계, 자동차(자동차정비), 운전, 판금, 용접, 배관, 기관, 인쇄, 공업, 계량
	공업	일반전기	전기, 전자, 원자, 통신, 물리
	시설	일반토목	토목(토목건설, 목공), 농업토목, 건축(건축설비)
	시설	건축	건축(건축설비)

○ 아래 성적 기준을 충족 한 자

 - 성적합산: 졸업자는 고등학교 전학년 성적, 졸업예정자는 고등학교 1~2학년 성적

- 성취평가제 도입 학년

· 전문교과 성취도가 평균 B이상이고, 그 중 50% 이상의 과목에서 성취도가 A이며, 보통교과의 평균 석차비율이 50% 이내이거나 평균 석차 등급이 4.5 이내인 사람

- 성취평가제 미도입 학년

· 졸업요건에 해당하는 학업과정 또는 학점을 이수·취득한 사람으로서 졸업석차비율이 이수학과의 상위 50% 이내인 사람

○ 졸업자는 대학(4년제 대학, 전문대, 방송통신대, 사이버대 등을 포

함한 모든 대학)에재학·휴학·졸업의 학력이 없는 자(2021. 1. 1. 현재)

※ 경력경쟁임용시험에 응시하고자 하는 사람은 반드시 이 공고문에 첨부한 【별첨1】'2021년도 경기도교육청 경력경쟁임용시험(특성화고·마이스터고 졸업(예정)자) 시행계획'에 따라 해당 학교로 신청하여야 하며, 해당 학교로부터 추천서가 경기도교육청 운영지원과로 제출기간 내 접수 되어야 합니다.

※ 학교장 추천과는 별도로 해당직렬 시험의 응시원서 접수 기간 내에 응시자 본인이 직접 인터넷으로 원서 접수를 하여야 합니다.

※ 거주지 제한: 2021년 1월 1일 이전부터 최종(면접)시험일까지 주소지가 경기도 내인 자

○ 2021년 특성화고 및 마이스터고 경력경쟁임용시험 시험과목(출제범위) 안내

시험명	직급	직렬 (직류)	시 험 과 목(출제범위) (1·2 차 병합시험)
경력 경쟁 임용 시험	9급	공 업 (일반기계)	제1차 필수(1): 물리
			제2차 필수(2) : 기계일반 **기계설계**(2015 교육과정상 '기계제도' 교과에서 출제)
		공 업 (일반전기)	제1차 필수(1): 물리
			제2차 필수(2): 전기이론, 전기기기
		시 설 (일반토목)	제1차 필수(1): 물리
			제2차 필수(2) : **응용역학개론**(2015 교육과정상 '토목일반' 교과에서 출제) **측량**(2009 교육과정상 '측량' 교과 이론 포함 출제)
		시 설 (건 축)	제1차 필수(1): 물리
			제2차 필수(2): 건축계획, 건축구조

※ 위 시험과목 중 측량을 제외한 과목의 출제범위는 2015년 개정 교육과정이 적용됩니다.

시험일정

시험구분	시험장소 공고일	시험일	합격자 발표일
필기시험	2021. 5. 24.(월)	2021. 6. 5.(토)	2021. 7. 9.(금)
면접시험	2021. 7. 9.(금)	2021. 7. 31.(토)	2021. 8. 18.(수)

※ 시험장소와 합격자 발표는 경기도교육청 홈페이지 (http://www.goe.go.kr) '인사/채용/시험 〉 시험정보 〉 시험안내'에 공고합니다.

[2023년 달라지는 시험제도]

□ 기술계고 졸업(예정)자 경력경쟁임용시험 응시자격 기준 개정

현행	개정
특성화고·마이스터고 졸업자 및 0000.2월 졸업예정자	특성화고·마이스터고 졸업자 및 0000.2월 졸업예정자 ※ 졸업자의 경우 졸업일과 최종시험(면접시험) 예정일 사이의 기간이 1년 이내인 자만 응시 가능

※출처: 경기도교육청인사위원회 공고 제2021-86호
(2021년도 제2회 경기도교육청 지방공무원 공개(경력)경쟁임용시험 시행계획 공고)

인사혁신처 균형인사과에서 발표한
2021년 지역인재 9급 수습직원 선발시험

☐1 추진 배경
○ 전국 각 지역의 특성화고, 마이스터고, 전문대학교 등의 우수 졸업
자 또는 졸업예정자를 수습직원으로 선발하는 제도입니다.
○ 학교 교육을 성실히 받은 우수인재들이 학력에 구애받지 않고 공
직에 들어와 능력을 발휘하는 공정사회 구현에 기여하고자 합니다.

☐2 선발절차
원서접수 ▶ 필기시험 ▶ 서류전형 ▶ 면접시험 ▶ 최종합격자 발표 ▶ 수습
근무(6개월) ▶ 임용여부 심사 ▶ 임용결정 시 일반직 9급 공무원 임용

☐3 수습근무
○ 최종합격자는 6개월간의 수습근무 후 임용심사 결과에 따라 일반
직 9급 국가공무원 임용 여부가 결정됩니다.
○ 수습근무 중 「공무원임용령」 및 「균형인사지침(인사혁신처 예규)」에
따라 일반직 9급의 1호봉에 해당하는 보수를 지급하고, 수습근무를 마
치고 공무원으로 채용된 경우 수습근무기간을 호봉에 반영합니다.

2021년 지역인재 9급 수습직원 선발시험 시행계획 공고입니다.
참고하세요

1 선발규모

○ 선발예정 직렬(직류)과 인원 : 총 320명

직 군	직 렬	직 류	선발인원	임용예정부처 (예시)
행 정 (200명)	행정	일반행정	130명	전 중앙행정기관
		회계	15명	교육부
	세무	세무	45명	국세청
	관세	관세	10명	관세청
기 술 (120명)	공업	일반기계	11명	병무청 등 그 밖의 중앙행정기관
		전기	15명	우정사업본부 등 그 밖의 중앙행정기관
		화공	6명	관세청 등 그 밖의 중앙행정기관
	시설	일반토목	16명	환경부 등 그 밖의 중앙행정기관
		건축	10명	국토교통부 등 그 밖의 중앙행정기관
	농업	일반농업	9명	통계청, 농림축산식품부
	임업	산림자원	9명	산림청
	보건	보건	10명	보건복지부, 질병관리청
	식품위생	식품위생	2명	식품의약품안전처
	환경	일반환경	2명	해양수산부
	해양수산	선박항해	2명	해양수산부
		선박기관	2명	
	전산	전산개발	13명	국가보훈처 등 그 밖의 중앙행정기관
	방송통신	전송기술	13명	과학기술정보통신부 등 그 밖의 중앙행정기관

2 선발개요

① 학교의 장은 추천 요건에 맞는 우수한 인재를 인사혁신처에 추천합니다.

② 인사혁신처는 필기시험, 서류전형, 면접시험을 통해 수습직원을 선발합니다.

③ 최종합격자는 6개월간의 수습근무 후 임용심사 결과에 따라 일반직 9급 국가공무원 임용 여부가 결정됩니다.

3 학교의 추천

(1) 추천할 수 있는 학교

행정 · 기술직군(선발예정 직렬)과 관련된 학과가 설치된 초·중등교육법 제2조 제3호의 고등(기술)학교* 또는 전문학사 학위과정이 개설된 고등교육법 제2조 각 호의 학교 및 특별법**에 따라 설치된 학교(이하"전문대학교"라고 함)

* 특성화고, 마이스터고, 종합고

** 한국폴리텍대학, ICT폴리텍대학, 한국농수산대학

(2) 추천대상 자격요건

추천대상자가 아래 요건에 하나라도 해당되지 않을 경우 서류전형에서 탈락되므로 각 학교의 장은 추천 시 자격요건을 정확히 확인해 주시기 바랍니다.

① 졸업자 또는 졸업예정자

- (졸업자) 졸업일부터 최종시험(면접시험) 시행예정일까지의 기간이 1년 이내인 사람에 한해 추천할 수 있습니다.

※ 면접시험 마지막일이 2021.12.15.인 경우 2020.12.15. 이후 졸업자부터 추천가능

- (졸업예정자) 고등학교는 3학년 1학기까지의 학사과정 이수자 또는 조기졸업 예정자, 전문대학교는 졸업 학점의 3/4 이상을 취득한 사람으로 2022년 2월까지 졸업이 가능하여야 하며, 수습시작(2022년 상반기 예정) 전까지 졸업하지 못할 경우 합격이 취소됩니다.

② 학과성적

- (고등학교) 소속 학과에서 이수한 모든 전문교과 과목의 성취도가 평균 B 이상이고 그 중 50% 이상의 과목에서 성취도가 A이며, 보통교과 평균석차등급이 3.5 이내에 해당하여야 합니다.

- (전문대학교) 졸업(예정) 석차비율이 소속 학과의 상위 30%이내에 해당하여야 합니다.

③ 선발예정직렬(직류) 관련 전문교과 또는 학과

- (고등학교) 선발예정직렬(직류) 관련 전문교과를 전문교과 총 이수단위의 50% 이상 이수하여야 합니다.

※ 졸업예정자의 경우 3학년 1학기까지 이수한 전문교과 총 이수단위 기준

- (전문대학교) 선발예정직렬(직류) 관련 학과를 전공하여야 합니다.

직군	직렬	직류	선발예정 직렬(직류) 관련 전문교과 또는 학과	
			고등학교	전문대학교
행정	행정	일반행정	경영금융 교과(군)	해당 없음
		회계		
	세무	세무		
	관세	관세		
기술	공업	일반기계	기계 교과(군) / 재료 교과(군)	선발직류 관련 학과
		전기	전기·전자 교과(군)	
		화공	화학공업 교과(군)	
	시설	일반토목	건설 교과(군)	
		건축		
	농업	일반농업	농림수산해양 교과(군) 중 농림 관련 과목	
	임업	산림자원		
	보건	보건	보건복지 교과(군)	
	식품위생	식품위생	식품가공 교과(군)	
	환경	일반환경	화학공업 교과(군) / 환경·안전 교과(군) 중 환경 관련 과목	
	해양수산 ※자격증 필수	선박항해	선박운항 교과(군) / 농림수산해양 교과(군) 중 수산해양 관련 과목	
		선박기관		
	전산 ※자격증 필수	전산개발	정보통신 교과(군)	
	방송통신	전송기술		

※ 관련 전문교과(군)에 해당하는지 여부는 초·중등학교 교육과정 총론을 따름(세부사항은 2021년 지역인재 9급 수습직원 선발시험 추천 매뉴얼 p5 참조)

- 해양수산, 전산 직렬은 관련 전문교과 또는 학과 기준을 충족하고 [붙임 4]의 자격증을 취득*하여야 응시할 수 있습니다.

* 자격증은 필기시험 합격자 발표일(2021.10.8.) 현재 유효하여야 함. 다만 해양수산직렬의 경우 필기시험 합격자 발표일(2021.10.8.) 현재 자격증 취득요건 중 연령요건(18세)을 제외한 나머지 요건을 모두 갖추고 2022년 수습근무 종료 전까지 자격증 취득이 가능한 경우도 응시가능(증빙서류 필요)

- 선발예정직렬(직류) 관련 전문교과 또는 학과 요건을 충족하지 못한 경우에는 선발예정직렬(직류)와 관련된 [붙임 5~6]의 자격증을 취득*하여야 해당 직렬(직류)에 응시할 수 있습니다.(가산점은 미부여)

* 자격증은 원서 접수일(2021.8.2.-5.) 현재 유효하여야 함

④ 응시가능 연령 : 17세 이상 (2004.12.31. 이전 출생자)

⑤ 동일인은 1개의 학교에서 1개의 직렬(직류)에만 추천될 수 있습니다.⑥「국가공무원법」제33조의 결격사유에 해당하거나,「공무원임용시험령」등 관계법령에 의하여 응시자격이 정지된 자를 추천할 수 없습니다.

(3) 추천 가능 인원

○ 학교의 장은 학과별로 2021년 최종학년 해당학과 정원이 100명

이하이면 3명까지, 101명 이상이면 4명까지 추천할 수 있습니다.

○ 학교의 장은 학과별 추천인원을 모두 합하여 7명까지 추천할 수 있습니다.

(4) 추천대상자 선발

○ 학교의 장은 자체 선발계획을 수립하여 학생들에게 널리 알려야 합니다.

○ 추천 대상자를 선발할 때는 공정한 절차를 거쳐 적격자가 추천될 수 있도록 '추천심사회의'를 개최하여 추천에 필요한 구체적인 사항을 정하고 추천대상자를 결정하여야 합니다.

(5) 추천방법 및 유의할 점

학교담당자는 기본정보(성적 등) 입력을 통해 추천대상자를 등록하고 추천대상자(응시자)가 개인정보를 입력하여 최종적으로 원서접수 완료 (응시수수료 결제 포함)

※ (참고) 2021년 지역인재 9급 수습직원 선발시험 추천 매뉴얼 중
〈지역인재 9급 수습직원 선발시험 원서접수 절차 안내〉

① 원서접수 기간 : 2021. 8. 2.(월) 09:00 ~ 8. 5.(목) 21:00 (기간 중 24시간 접수)

② 추천서류 제출기간 : 2021. 8. 2.(월) ~ 8. 5.(목)

③ 필기시험 합격자 서류 제출기간 : 2021. 10. 8.(금) ~ 10. 13. (수)

4 시험일정 및 방법

(1) 시험일정

구 분	시험장소 공고	시 험	합격자 발표
필기시험	2021. 9. 3.(금)	2021. 9. 11.(토)	2021. 10. 8.(금)
서류전형	–	–	2021. 11. 30.(화)
면접시험	2021. 11. 30.(화)	2021. 12. 13.(월) ~ 15.(수)	2021. 12. 29.(수)

(2) 시험단계

① 필기시험

시험과목	출제유형	문항수	배점	배정시간
국어, 한국사, 영어	객관식	과목당 20문항	100점 만점 (문항당 5점)	과목당 20분

- 동 시험 관련 필기시험 기출문제는 「사이버국가고시센터 (www.gosi.kr)」-「시험문제/정답」-「문제/정답 안내」에 공개되어 있으니 참고해주시기 바랍니다.

- 각 과목 만점의 40%이상 득점한 사람 중 선발예정인원의 150%의 범위(선발예정인원이 3명 이하인 경우에는 선발예정인원에 2명을 합한 인원의 범위)에서 지역별 균형합격, 가산 특전을 적용한 시험성적 및 면접시험 응시자 수 등을 고려하여 고득점자 순으로 합격자를 결정합니다.

- 선발예정인원을 초과하여 동점자가 있을 때에는 그 동점자를 모두 합격자로 합니다. 이 경우 동점자의 계산은 소수점 이하 둘째자리까지 합니다.

② 서류전형

- 필기시험 합격자에 한해 제출된 서류를 통해 추천자격 기준에 적합 여부를 서면으로 심사하여 적격 또는 부적격 여부를 결정합니다.

③ 면접시험

- 직무수행에 필요한 능력과 적격성을 검증하기 위해 5개 평정요소에 대해 각각 상중하로 평정하여 불합격 기준에 해당하지 않는 자 중 평정 성적이 우수한 자 순으로 합격자를 결정합니다.

- 평정요소 : 공무원으로서의 정신자세, 전문지식과 그 응용능력, 의사표현의 정확성과 논리성, 예의·품행 및 성실성, 창의력 · 의지력 및 발전 가능성

(3) 합격자 결정시 고려사항

① 지역별 균형합격

- 지역별 균형을 위하여 필기시험과 면접시험에서 특정 광역자치단체에 소재하는 학교의 출신비율이 합격자의 20%를 초과하지 않도록 합격자 수를 결정합니다.

- 다만 선발예정인원이 4명 이하인 시험단위(직류)에는 적용하지 않으며, 면접시험에서 지역별 균형합격의 적용으로 최종합격자의 수가 선발예정인원에 미달하는 경우는 20퍼센트를 초과하여 합격자를 결정할 수 있습니다.

② **특성화고 등 고등학교 출신 우대**

- 전문대학교 졸업(예정)자는 행정직군을 제외한 기술직군에 한해 지원 가능합니다.

- 필기시험 및 면접시험 등 각 단계별 시험에서 직렬(직류)별로 특성화고 등 고등학교 졸업(예정)자가 50퍼센트 이상 합격될 수 있도록 조정하되 다음의 경우에는 적용하지 않습니다.

㉮ 고등(기술)학교 출신 응시인원의 수가 전체 응시인원의 20퍼센트 이하인 경우

㉯ 단계별 시험에서 동 규정의 적용으로 합격자의 수가 선발예정인원에 미달하는 경우

㉰ 「공무원임용시험령」 제18조에서 정한 자격증이 필요한 직렬(전산 및 해양수산 직렬)

㉱ 선발예정인원이 1명인 경우

※ 특성화고 등 고등학교 추천 우대는 추천된 학교를 기준으로 함. 고등학교 졸업 후 전문대학교로부터 추천을 받은 자는 우대 대상이 아님

③ 관련학과 응시자의 직렬(직류) 유관 자격증 가산점 부여

 - 필기시험 각 과목 만점의 40%이상 득점한 사람 중 선발예정직렬(직류) 관련 전문교과 또는 학과 요건을 충족한 자가 응시하는 경우, 직렬(직류) 유관 가산 대상 자격증([붙임 5~6]) 1개당 각 과목별 만점의 2%, 최고 4%까지 점수를 가산합니다.

※ 자격증은 원서 접수일(2021.8.2.-5.) 현재 유효하여야 함

④ 추가 합격자 결정

- 최종합격자가 수습근무를 포기하는 등의 사정으로 선발예정인원에 미달하는 때에는 수습근무 시작 전까지 추가로 합격자를 결정할 수 있습니다.

(4) 합격자 발표

- 합격자는 사이버국가고시센터(www.gosi.kr)를 통해 공고합니다.

필수자격증에 대한 안내입니다.

전산 및 해양수산 직렬 지원자 필수자격증

직렬	직류	「국가기술자격법」에 따른 자격증
전산	전산개발	기술사 : 컴퓨터시스템응용, 정보통신, 정보관리 기사 : 전자계산기, 정보통신, 정보처리, 전자계산기조직응용, 정보보안 산업기사 : 전자계산기제어, 정보통신, 사무자동화, 정보처리, 정보보안 멀티미디어콘텐츠제작전문가
해양수산	선박항해	기술사 : 조선 기사 : 조선, 항로표지 산업기사 : 조선, 항로표지 항해사 1급 내지 6급
	선박기관	기술사 : 기계, 산업기계설비, 조선 기사 : 일반기계 산업기사 : 컴퓨터응용가공 기관사1급 내지 6급

* 폐지된 자격증으로서 국가기술자격법령 등에 의하여 그 자격이 계속 인정되는 자격 증은 지원대상 자격증으로 인정함

행정·세무·관세·통계 직렬(직류) 유관 / 가산 대상 자격증

직렬	직류	「국가기술자격법」에 따른 자격증	그 밖의 법령에 따른 자격증
행정 세무 관세	일반행정 회계 세무 관세	1급, 2급, 3급 전산회계운용사	

※ 행정·세무·관세 직렬 자격증은 국가기술자격법령상 서비스분야 자격증 발췌

공업·농업·시설 등 직렬(직류) 유관 / 가산 대상 자격증

직렬	직류	「국가기술자격법」에 따른 자격증	그 밖의 법령에 따른 자격증
공업	일반기계	**기술사:** 기계, 공조냉동기계, 철도차량, 차량, 건설기계, 용접, 금형, 산업기계설비, 기계안전, 공장관리, 품질관리, 소방	
		기능장: 기계가공, 에너지관리, 철도차량정비, 자동차정비, 건설기계정비, 용접, 금형제작, 판금제관, 배관	
		기사: 일반기계, 메카트로닉스, 공조냉동기계, 철도차량, 자동차정비, 건설기계설비, 건설기계정비, 궤도장비정비, 기계설계, 용접, 프레스금형설계, 사출금형설계, 농업기계, 에너지관리, 산업안전, 품질경영, 승강기, 소방설비(기계분야)	
		산업기사: 컴퓨터응용가공, 기계조립, 생산자동화, 공조냉동기계, 철도차량, 철도운송, 자동차정비, 건설기계설비, 건설기계정비, 궤도장비정비, 치공구설계, 정밀측정, 용접, 프레스금형, 사출금형, 기계정비, 판금제관, 농업기계, 배관, 에너지관리, 산업안전, 품질경영, 염사, 승강기, 소방설비(기계분야)	
		기능사: 컴퓨터응용선반, 연삭, 컴퓨터응용밀링, 기계가공조립, 생산자동화, 전산응용기계제도, 공유압, 공조냉동기계, 에너지관리, 철도차량정비, 자동차정비, 자동차차체수리, 건설기계정비, 양화장치운전, 궤도장비정비, 정밀측정, 용접, 특수용접, 금형, 기계정비, 판금·제관, 농기계정비, 농기계운전, 배관, 동력기계정비, 염사, 승강기	
	전기	**기술사:** 발송배전, 건축전기설비, 전기응용, 철도신호, 전기철도, 전기안전, 품질관리, 소방	
		기능장: 전기	
		기사: 전기, 전기공사, 철도신호, 전기철도, 산업안전, 품질경영, 승강기, 소방설비(전기분야)	
		산업기사: 전기, 전기공사, 철도신호, 전기철도, 산업안전, 품질경영, 승강기, 소방설비(전기분야)	
		기능사: 전기, 철도전기신호, 승강기	
	화공	**기술사:** 화공, 세라믹, 화공안전, 가스, 품질관리, 식품	
		기능장: 위험물, 가스	
		기사: 화약류제조, 화공, 산업안전, 가스, 품질경영, 식품, 화학분석	
		산업기사: 화약류제조, 위험물, 산업안전, 가스, 품질경영, 식품	
		기능사: 화학분석, 위험물, 가스	

시설	밀반토목	기술사:	토질 및 기초, 토목품질시험, 토목구조, 항만 및 해안, 도로 및 공항, 철도, 수자원개발, 상하수도, 농어업토목, 토목시공, 측량 및 지형공간정보, 도시계획, 조경, 지적, 지질 및 지반, 건설안전, 교통, 광해방지	
		기사:	건설재료시험, 콘크리트, 철도토목, 토목, 측량 및 지형공간정보, 도시계획, 조경, 지적, 응용지질, 건설안전, 교통, 광해방지, 방재	
		산업기사:	건설재료시험, 콘크리트, 철도토목, 토목, 측량 및 지형공간정보, 조경, 지적, 건설안전, 교통	
		기능사:	건설재료시험, 콘크리트, 철도토목, 석공, 전산응용토목제도, 측량	
	건축	기술사:	건축전기설비, 건축구조, 건축기계설비, 건축시공, 건축품질시험, 건설안전, 소방	기사 자격증 가산비율적용: 건축사
		기능장:	건축일반시공, 건축목재시공	
		기사:	건축설비, 건축, 실내건축, 건설안전, 소방설비	
		산업기사:	건축설비, 건축일반시공, 건축, 건축목공, 방수, 실내건축, 건설안전, 소방설비	
		기능사:	전산응용건축제도, 타일, 미장, 조적, 온수온돌, 유리시공, 비계, 건축목공, 거푸집, 금속재창호, 건축도장, 철근, 방수, 실내건축, 플라스틱창호	
농업	밀반농업	기술사:	종자, 시설원예, 농화학, 식품	기능사 자격증 가산비율적용: 농산물품질관리사
		기사:	종자, 시설원예, 식물보호, 토양환경, 식품, 바이오화학제품제조, 유기농업, 화훼장식	
		산업기사:	종자, 식물보호, 농림토양평가관리, 식품, 유기농업	
		기능사:	종자, 원예, 버섯종균, 식품가공, 유기농업, 화훼장식	

임업	산림지원	기술사:	조경, 종자, 산림, 농화학	
		기사:	조경, 종자, 산림, 임업종묘, 식물보호, 임산가공	
		산업기사:	조경, 종자, 산림, 식물보호, 임산가공	
		기능사:	조경, 종자, 산림, 임업종묘, 임산가공	
보건	보건	기술사:	산업위생관리, 대기관리, 수질관리, 소음진동, 폐기물처리, 식품, 방사선관리, 광해방지, 인간공학	기사 자격증 가산비율 적용: 의사, 한의사, 치과의사, 수의사, 약사, 한약사, 방사성동위원소 취급자(특수, 일반), 방사선 취급감독자, 응급구조사 1급, 보건교육사 1급
		기사:	산업위생관리, 대기환경, 수질환경, 소음진동, 폐기물처리, 식품, 광해방지, 인간공학	
		산업기사:	산업위생관리, 대기환경, 수질환경, 소음진동, 폐기물처리, 식품	
		기능사:	식품가공	산업기사 자격증 가산비율 적용: 임상병리사, 외무기록사, 방사선사, 간호사, 조산사, 물리치료사, 치과기공사, 치과위생사, 작업치료사, 위생사, 영양사, 응급구조사 2급, 보건교육사 2급
		임상심리사 1급		
		임상심리사 2급		기능사 자격증 가산비율 적용: 보건교육사 3급
식품위생	식품위생	기술사:	축산, 수산제조, 품질관리, 포장, 식품	산업기사 자격증 가산비율 적용: 영양사, 위생사
		기사:	축산, 수산제조, 품질경영, 포장, 식품	
		산업기사:	축산, 품질경영, 포장, 식품	
		기능사:	축산, 식육처리, 식품가공	

환경	일반환경	기술사:	토공, 수자원개발, 상하수도, 조경, 신림, 농화학, 해양, 토공안전, 산업위생관리, 대기관리, 수질관리, 소음진동, 지질 및 지반, 폐기물처리, 자연환경관리, 토양환경, 방사선관리, 기상예보, 광해방지	기사 자격증 가산비율 적용: 의사, 약사, 수의사, 환경측정분석사
		기사:	토공, 조경, 신림, 식물보호, 해양환경, 산업위생관리, 대기환경, 수질환경, 소음진동, 응용지질, 폐기물처리, 자연생태복원, 생물분류, 토양환경, 기상, 광해방지	산업기사 자격증 가산비율 적용: 위생사
		산업기사:	조경, 신림, 식물보호, 농림토양평가관리, 해양조사, 산업위생관리, 대기환경, 수질환경, 소음진동, 폐기물처리, 자연생태복원	
		기능사:	조경, 신림, 환경	
		유독물취급기능사(1999. 3. 27. 이전 취득)		
방송통신	전송기술	기술사:	전자응용, 정보통신	
		기능장:	전자기기, 통신설비	
		기사:	전자, 정보통신, 전파전자통신, 무선설비, 방송통신, 정보처리	
		산업기사:	전자, 정보통신, 통신선로, 사무자동화, 전파전자통신 무선설비, 방송통신, 정보처리	
		기능사:	전자기기, 통신기기, 통신선로, 정보기기운용, 전파전자통신, 무선설비, 방송통신, 정보처리	
		전화교환기능사(1997. 6. 1. 이전 취득)		

※ 폐지된 자격증으로서 국가기술자격법령 등에 따라 그 자격이 계속 인정되는 자격증은 가산대상 자격증으로 인정한다.

※출처: 인사혁신처 공고 (2021년 지역인재 9급 수습직원 선발시험 시행계획 공고)

지방공무원 임용시험은 전국의 지방자치단체 중에서

서울특별시와 경기도의 공고문을 예로 살펴본 거고요.

선발인원과 선발 직류는 매년 다를 수 있습니다.

특성화고등학교에 나름의 뜻을 갖고 입학해서 1학년부터 준비를 잘하면 특성화고·마이스터고 고졸 전형 공무원 시험 합격을 기대할 수도 있어요.

특성화고·마이스터고 고졸 9급 공무원 시험에 20여 명 합격시킨 어느특성화고에서는 1학년 때부터 공무원 시험 준비를 했다고 하네요.

특성화고를 졸업하고 9급 공무원 시험에 합격한 이야기를 소개할게요. 이 친구는 중학교 때 중간 정도의 학교 성적으로 특성화고에 진학했는데 특성화고 진학 동기는 부모님을 통해서 특성화고의 유익한정보들을 진작 알고 있었다고 해요.

평소 염두에 뒀던 마이스터고에 진학하려다가 용케 합격하더라도 중하위권에 머물 가능성이 높다고 판단해서 그럴 바엔 특성화고에 가서 1등을 달려보자고 결심을 한 거래요.

특성화고에 입학하면서 진로 목표도 정했어요.

1순위는 특성화고 고졸 전형 9급 공무원 합격

2순위는 공기업 또는 대기업 합격

3순위는 학위연계형 일학습병행 기업에 취업해서 취업과 동시에 대학 진학 병행 또는 취업을 먼저 하고 3년 후에 재직자 특별전형으로 진학하기로 목표를 정해놓은 거죠.

그런데 1등을 하려고 마음잡고 들어온 학교에서 받은 1학년 첫 번째 성적표가 반에서 2등을 한 거예요.
1등을 잡기 위해 나름 노력했지만 3년 내내 반에서 2등 내지 3등였다고 해요.
비슷한 목표로 들어온 고수들이 있었나 봐요.
그런 친구들이 있어야 선의의 경쟁을 하면서 동반 성장할 수 있겠죠.
그렇지만 그 성적들은 특성화고 입학 전까지 단 한 번도 받아보지 못했던 훌륭한 성적표이었어요.
목표가 있었기에 계속 잘 달릴 수 있었던 것 같아요.

졸업 전 3학년 때 특성화고 전형 9급 공무원 시험에 도전했으나 아쉽게도 불합격했어요.
재도전하기로 마음먹고 1년 가까이 먼 거리에 있는 학원을 다니며 학습력이 부족한 과목을 끌어올리기 위해 정말 열심히 공부했다고 하네요.
마침내 최종 합격했다는 기쁜 소식이 들려왔어요.
대학교를 졸업한 나이 많은 형님, 누나들도 공무원 시험 합격을 위해 불철주야 공부에 매달리고 있는데 이제 20살 밖에 안된 특성화고 졸업한 친구가 현명한 진로 선택으로 만든 결과인 것이죠.

05 공기업·대기업에 합격했어요!

'친구 따라 강남 간다'라는 말이 있는데 이 친구는 친구 따라 특성화고등학교에 왔어요.
부모님과 중학교 담임선생님의 만류에도 불구하고 친구랑 같은 학교에 간다고 특성화고를 고집한 특이한 친구인데요.
의리의 사나이인가요...!!
여하튼 입학해서 학교 성적은 쭉 상위권이었고 기능사 자격증도
1학년 때 필기시험에 합격하고 2학년 때 실기시험 최종 합격했어요.
그것도 특성화고 2학년 학생이 따기 쉽지 않은 CAD 자격증이었어요.

공기업, 대기업 채용 일정은 수능시험처럼 매년 딱 정해진 날에 실시하는 게 아니고 채용 기업의 상황에 따라 바뀔 수 있는데요.
이 친구는 때마침 특성화고· 마이스터고 채용을 실시한 한국조폐공사에 지원했어요.
어떻게 됐느냐?
결론은 최종 합격했어요.
1학년 때부터 학교 성적관리, 출결관리, 자격증 취득 등 준비가 되어 있었던 거죠.
집안에서는 부모님이 조폐공사에 합격했다는 말을 못 믿었었나 봐요.
비와 많이 왔던 날로 기억되는 데요.
밤늦게 학교 당직자 선생님한테서 전화가 왔어요.

누구누구 학생 엄마가 아들이 공기업에 합격했다고 하는데

정말.. 정말! 진짜.. 진짜! 인지를 확인하는 전화가 왔다는 거예요.

'합격 맞습니다'라고 해줬죠.

집안의 경사였을 거예요.

아들이 부모님 말 안 듣고 멋대로 특성화고 가서 실망 + 포기하고 있었는데 이게 웬일이래요!

가뜩이나 큰 아들은 서울 명문대학교 졸업반인데도 취업문제로 고민 중인데 포기한 막내아들이 공기업에 합격했다니 믿을 수가 없었을 거예요.

의리와 소신과 잠재 능력을 갖고 있던 막내아들이었는데 큰 아들에만 치우쳐서 못 알아본 것 같았어요.

선생님도 보람 있었고 자랑이었어요.

비슷한 시기, 또 한 친구가 LH 한국토지주택공사에 합격했어요.

중학교 때도 공부를 잘했는데 특성화고에 온 친구예요.

고등학교 3년 내내 반에서 1등을 했었던 걸로 기억해요.

중학생 어린 나이임에도 뜻을 갖고 특성화고에 진학했다고 해요.

부모님도 동의하셨던 것 같아요.

결국은 뜻을 이뤘어요.

지금 생각해 봐도 참 대견한 친구예요.

마이스터고는 일부 대기업에서 1학년 대상으로 우수학생을 선발하는 채용 전형이 있는데 졸업 때까지 관리하면서 채용기업에서 규정한 성적이 유지 안될 땐 중도 탈락시킬 수 있어요.

합격했다고 공부 안 하고 자만하다가 3학년 때 다 잡은 기회를 놓치는 친구들을 봤어요.

방심은 금물이에요.

특성화고 제자들이 시중 은행, 농협, LG, 삼성, 현대중공업, CJ, 삼성중공업, 제약회사 등등 유수의 대기업에 많이 합격했어요.

합격의 자랑은 순간일 뿐이에요.

회사 조직에서 적응력이 더욱더 중요해요.

아무리 좋은 기회를 선생님이 만들어줬어도 자기 것으로 만들려고 노력하지 않으면 놓치게 돼요.

그렇게 기회를 잡고서도 놓쳐버린 친구들이 많았는데요.

문제는 그런 기회가 다시는 그렇게 쉽게 안 올 수 있다는 거예요.

'뭐.. 나중에 경쟁해서 이기면 되잖아요!'라고 말할 수도 있겠군요.

하지만 회사에 적응하지 못해 퇴사하면 취업 기회만 노리면서 기다리고 있던 수많은 사람들이 있어요.

그 사람들은 취업이 절박했을 거예요.

그래서

학교다닐 때 사회성과 인내심을 키워야 해요.

학교생활을 적극적으로 해보라고 말하고 싶어요.

중학교와는 달리 회장, 반장, 임원 하겠다고 나서 보세요.

특성화고는 완전 새로운 시작이니까요!

"힘들 때도 있을 거예요.

그러나 영원히 계속되지 않을 테니 지지 마세요!"

특성화고나 마이스터고는 취업 기회가 많이 있어요.

무엇보다 강조하고 싶은 것은 1학년 시작을 어떻게 하는가입니다!!

한국공항공사에 합격한 마이스터고등학교 제자가 있었어요.

학교 성적이 우수한데다 경진대회에서 상도 받은 스펙으로 자신만만하게 첫 응시했던 특성화고· 마이스터고 채용 대기업 시험에서 떨어진 거예요.

평소에 자기보다 못하다고 생각했던 친구들은 붙었는데 말이죠.

그때 생애 처음 겪은 좌절감으로 친구 품에 안겨서 1시간 이상을 울었다고 하더라고요. 어린 나이에 쓴맛을 보게 된 거죠.

그 이후로도 한수원, 중부발전, 조폐공사 등 7개 기업에 연달아 떨어지면서 자만감으로 가득 찼던 자신을 되돌아보며 반성하게 되었어요.

장거리에 있는 기업에 면접 보러 갈 때마다 고생하시는 부모님께 교통비와 식사비 등으로 손을 벌려야 했던 미안함이 컸기에 이번 한국공항공사 합격에 대한 간절함은 더 했다고 해요.

공채시험 준비를 열심히 했어요.

한국사는 시대 순으로 왕과 그들의 업적을 술술 말할 수 있을 만큼 독하게 공부해서 한국사 1급을 취득했고요. 일반상식 공부와 NCS 기반 직무능력검사를 준비하기 위해 학교 도서관에 등하교를 할 정도의 절박한 심정으로 공부했던 거예요.

삼성SSAT, 한전, 현대자동차등 여러 기업들의 직무능력검사 문제집을 풀면서 유형을 분석했으며 회사의 홈페이지에 접속하여 CEO 인사말에서부터 경영이념, 인재상, 비전, 최근 이슈와 정책 등을 파악하였고 얻을 수 있는 정보는 모두 습득할 정도로 전력을 기울였던 거죠.

결국 7번 떨어지고 8번째 한국공항공사에 합격했어요.

칠전팔기의 진수를 보여줬네요.

공기업을 준비하는 후배들에게 하고 싶은 말이 있다고 하더라고요.

간절한 마음으로 노력하고 준비한다면 좋은 결과가 찾아온다는 것을 말해주고 싶다는 거예요. 7개의 기업에 떨어져도 다시 일어나서 준비한 자기와 같은 사람도 있기에 한두번 떨어진다고 그게 끝이 아니란 것을 알았으면 한다는 얘기였는데요.

공채에서 100번 이상 떨어진 대졸자들도 숱하게 많은데....라고 말할 수 있겠지만 고등학생이라는 눈높이에 맞춰서 공감하면 될 것 같아요.

19살 어린 나이인데도 실패의 좌절을 딛고 이겨낸 불굴의 의지를 칭찬하고 싶네요.

앞으로 살아가면서 그 경험이 큰 힘으로 작용할 거예요.

공기업, 대기업은 서류심사 이후 인성검사, 필기시험, 면접 등이 짧은 기간 동안에 촉박하게 진행되므로 평소의 준비가 필요하다고 덧붙이고 싶어요

PART 02

특성화고 1학년 시작부터 중요하다

성취의 경험

자격증 취득 사례
(자격증 10개 취득)

첫 번째 성적의 의미

1학년 시작부터
중요하다

학생부 종합전형
조기취업형 계약학과 합격

특성화고·마이스터고
고졸전형 공무원 합격

특성화고등학교 입학을 축하해요!

시작이 반이다!라는 속담이 있어요.

특성화고등학교에 입학하면 새로운 각오가 필요해요.

이제부터 시작이에요.

1학년 첫 학교 성적의 의미가 남달라요.

뒤돌아보지 말고 달려야 해요.

최초의 상위권 성적표는 3년 내내 잘 달리게 하는 에너지가 되어줄 거예요.

1등은 좀 부담스러워서 2등을 목표로 했는데 4등이 됐더라도 실망하지 말고 다음엔 차분히 3등을 받도록 좀 더 용기를 내보세요.

그렇게 달리다 보면 최고의 성적표를 받을 수 있어요.

그 성적표의 내용은 설령 2등이 못됐더라도 멋져진 사람으로 컸다는 거예요. 그리고 안정된 삶을 향한 좋은 출발점이 됐다는 것입니다.

앞에서도 설명했듯이 특성화고-마이스터고 공무원 시험을 목표로 잡았다면 1학년부터 공무원 시험과목을 공부하면서 성적관리를 잘해야 되거든요. 출결관리는 기본이니 당연한 거고요.

공기업·대기업이나 대학 진학을 위해서도 성적관리는 잘 해놔야겠지요. 자격증도 따놔야 하고요.

중견기업 또는 중소기업 취업도 마찬가지예요.

대기업 못지않은 훌륭한 중견기업과 중소기업들도 상당히 많아요.

노력은 결코 헛됨이 없을 테니까 힘내세요.

학교 성적 얘기만 했는데 나의 성장 경험을 말해줄게요!

중학교 때까지는 조용하고 소심한 성격이었어요.

남 앞에 나서 본 적도 없었지만 앞장서는 걸 쑥스러워 했거든요.

그러다가 고등학교에 가서 반장이란 거를 선생님이 시켜서 처음 해본 거예요.

그때는 선생님한테 감히 못하겠다는 말을 할 수가 없었어요.

어쩔 수 없이 하게 된 거죠.

당시는 학도호국단이라는 군사교육도 받고 있어서 소대장, 또는 중대장도 같이하게 됐어요.

리더의 역할은 나에겐 맞지 않는 옷처럼 정말 부담스러웠어요.

스트레스도 상당히 받았던 것 같아요.

그런데 그 경험이 리더로 성장할 수 있는 밑거름이 됐더라고요.

남 앞에도 설 수 있는 사람으로 바뀌게 된 거죠.

여태 못해봤던 반장이나 회장, 임원 등 학교생활을 특성화고등학교에서 경험해보라고 말해주고 싶은 거예요.

주눅 들지 말고 달려드세요!

3년은 참 짧을 수 있으니까요.

특성화고에서 그 3년을 어떻게 보내느냐에 따라 앞으로 펼쳐질 인생이 바뀔 수 있다는 겁니다.

목표가 생겼어요!

지금까지 아무 생각 없이 살아왔다면 이제는 특성화고에서 새롭게 목표를 세워보아요.

1학년이 시간 안 가고 길 것 같지만 금방 지나가거든요.

생각해 보면요.

중학교 3년간의 시간이 영원히 계속될 것 같았는데 벌써 졸업한 거 보세요. 그렇듯이 고등학교에 엊그제 입학한 것 같았는데 어느새 2학년이 될 거예요.

아마 중학교 때보다 더 빨리 지나갈걸요.

특성화고 입학하고 첫 시험인 1차 시험 금방 와요.

수업 시간에 졸지 않고 선생님 말씀을 잘 들어도 좋은 성적 받을 수 있을 거예요.

예습, 복습을 하게 되면 기분 좋은 성적표를 받게 될 테고요.

그래요! 첫 목표는 수업 시간에 안 자는 거예요.

동아리에 꼭 가입하세요.

게임만 하지 말고 이제는 다른 취미생활에도 푹 빠져 보라고 하는 거예요. 모든 동아리가 의미 있겠지만 가급적이면 활동적인 동아리에 가입했으면 좋겠네요.

왜냐면요.

2년 후 3학년이 되면 취업을 준비할 텐데요. 취업하고 싶은 직장에서는 대인관계를 중요하게 보기 때문에 사회성 있는 친구들을 환영할 테고 또 그런 친구들이 직장 사회에 잘 적응할 수밖에 없거든요.

동아리에서 친구들도 사귀고 사회성을 키우면 좋겠다는 뜻이에요.

동아리 시간이니까 대충 시간만 때우겠다는 생각은 금물이에요.

그것은 스스로 소중한 시간을 날려 버리는 것과 같다고 봐요.

동아리 활동은 정말 중요해요.

어떤 3학년 친구가 취업하기 위해 자기소개서 쓰면서 했던 말이 생각나네요. 동아리 2개인가를 들었는데 지난 3년간 동아리에서 뭘 했는지 하나도 기억나는 게 없다는 거예요.

그냥 시간만 때웠대요.

참! 다시 올 수 없는 시간일 텐데 억울하지 않나요.

1학년 때 자격증 취득을 목표로 세워보세요!

특성화고등학교에 입학하면 새롭게 시작을 하는 거예요.

바로 자격증 취득에 도전해보라고 꼭 말하고 싶어요.

중학교에서는 생각지도 못했던 국가공인자격증 취득을 특성화고에 왔으니 해보라는 거예요. 그것도 1학년 때부터 하면 좋겠어요.

합격하는 순간, 그 성취감은 다른 자격증도 연속 취득할 수 있는 능력자로 바뀌게 될 거예요.

친구들과 같이 하면 더 좋아요.

친구들이 안 하면 혼자라도 해야지요.

목표는 꿈을 이룰 수 있는 것이기에 목표가 생기면 좋잖아요.

1학년 때 자격증 시험에 합격하면 그동안 잠자고 있었던 자신감이 깨어나기 시작할 거예요.

앞에서 소개한 어떤 특성화고 친구는 1학년 때 필기시험 5개 종목을 합격하고 실기시험 2개 종목에서 최종 합격해서 기능사 자격증 2개를 땄다고 했지요.

이 책을 읽는 친구들도 조금만 노력하면 할 수 있어요.

학교 성적도 좋아지게 될 거예요.

잘 살 수 있는 길이라고 말해주고 싶어요.

왜냐하면 한번 따놓으면 평생을 갈 수 있는 자격증 공부를 시작한 거잖아요.

특성화고에서 새로운 시작을 했고 전문가가 되기 위한 시동을 걸었으니까요.

1학년 때 자격증을 취득하면 또 다른 자격증 취득으로 이어질 수 있고 학교 성적도 향상될 것이며 좋은 스펙을 갖추게 될 거예요.

공무원과 공기업을 목표로 하는 친구들은 지금부터 준비해서 한국사능력검정시험과 컴퓨터활용능력 자격을 따놓으면 유익할 것 같고요.

아래에 있는 공무원시험 필수 자격증 및 가산 대상 자격증을 참고해서 공부를 시작해보세요.

(필수 자격증)

해양수산: 항해사, 기관사.

(가산 대상 자격증)

행정,세무,관세: 전산회계운용사,

기계 기능사: 컴퓨터응용선반, 연삭, 컴퓨터응용밀링, 기계가공조립, 생산자동화, 전산응용기계제도, 공유압, 공조냉동기계, 에너지관리, 철도차량정비, 자동차정비, 자동차차체수리, 건설기계정비, 양화장치운전, 궤도장비정비, 정밀측정, 용접, 특수용접, 금형, 기계정비, 판금·제관, 농기계정비, 농기계운전, 배관, 동력기계정비, 영사, 승강기.

전기 기능사: 전기, 철도전기신호, 승강기.

전자, 통신 기능사: 전자기기, 통신기기, 통신선로, 정보기기운용, 전파전자통신, 무선설비, 방송통신, 정보처리.

화공 기능사: 화학분석, 위험물, 가스

토목 기능사: 건설재료시험, 콘크리트, 철도토목, 석공, 전산응용토목제도, 측량.

건축 기능사: 전산응용건축제도, 타일, 미장, 조적, 온수온돌, 유리시공, 비계, 건축목공, 거푸집, 금속재창호, 건축도장, 철근, 방수, 실내건축, 플라스틱창호

농업 기능사: 종자, 원예, 버섯종균, 식품가공, 유기농업, 화훼장식, 농산물품질관리사

임업 기능사: 조경, 종자, 산림, 임업종묘, 임산가공.

보건 기능사: 식품가공. 보건교육사 3급.

식품위생 기능사: 축산, 식육처리, 식품가공.

환경 기능사: 조경, 산림, 환경.

내 얘기도 해볼게요.

수십 년 전에 기능사 자격증을 취득했었어요.

컴퓨터도 없었던 시절이었죠.

회사를 운영하면서 바쁘게 살아가다 보니 자격증을 잃어버린 거예요.

잊고 지냈어요.

몇 년 전에 기사 자격증 공부하면서 인터넷으로 지원서를 제출하려고 국가공인자격증을 주관하는 한국산업인력공단의 큐넷에 접속했어요.

큐넷에 들어간 김에 잃어버린 자격증을 재신청 해봤지요.

전혀 기대는 하지 않았어요.

컴퓨터도 없었던 아--주 오래전의 일이라 기록도 없어졌을 거라고 생각했던 거죠.

그런데.... 살~아 있는 거예요.

이게 웬일! 이산가족 상봉의 기쁨 같았어요.

바~로 최근에 찍은 쌩쌩한 사진을 붙여서 재신청하고 산업인력공단 가서 찾아왔어요,

한국산업인력공단 만세!!

감회가 새로웠어요.

빛나는 당신을 응원합니다

특성화고등학교에서
얻을 수 있는
가장 중요한 것은
자신감 회복이라고 봐요.

성취감, 성공의 경험은
여러분을
승리하는 인생으로
안내할 거예요!

PART 03

특성화고 · 마이스터고 학교생활이
직업선택 좌우할 수 있어요

고교 졸업 40년 회상

대기업 40년 근속

교사   공무원

자영업   대학 교수

공기업 본부장   **?**   대기업 자문역

산업체 대표이사

그룹 계열사 대표이사

예술가 (동아리 출신)

공업고등학교 동기들의 현재 모습인데요.

? 표시는 근황을 파악할 수 없는 동기들이에요.

예술가를 좀 삐딱하게 그렸죠 ^^ 삐딱한 동기가 있었어요.

고교생활이 장래의 직업선택 좌우 할 수 있어!

 모교에서 근무하게 됐어요.

40년 만에 등교(?) 했어요.

등교한 사람의 이름과 출신은 변함없는데 등교가 아닌 출근,

학생이 아닌 교직원으로 신분만 바뀌었네요.

모교에 오면서 가장 궁금했던 건 누구나 마찬가지겠지만 동창들의 소식, 근황이었어요. 훌륭한 사람은 스승님의 안부가 제일 궁금했을 텐데 훌륭하진 않았나 봐요.

모교에 온 덕분에 동기동창들 근황을 추적할 수 있었는데요.

유의미 한 결과가 있어서 '유레카!' 했어요.

졸업한 지 40년 된 지금,

공업고등학교 전공분야로 진로를 정해서 잘 살고 있는 동창들이 참 많았어요.

고등학교 3학년 때 현장실습으로 나갔던 회사에서 40년간 근무하고 있는 친구들도 여럿 있었고요. 미술, 사진 등의 예술 분야 동아리에 심취했던 친구들 중에는 취미가 직업으로 이어져서 나름 만족한 생활을 하고 있더라고요.

또한 전공분야에서 직업 활동하고 있는 친구들의 근황은 쉽게 확인할 수 있었지만 그 외의 친구들의 소식과 연락처는 알 수가 없었어요.

공업고등학교에서 만난 것은 사람만이 아니라 전공학과와 학교생활도 있었는데 그 인연의 끈을, 그 인연의 기회를 소중히 키워 온 친구들은 졸업한 지 40년이 지난 지금 아름다운 모습으로 나타났네요. 특성화고등학교와 마이스터고등학교에 다니고 있는 친구들은 유념해야 할 것 같아요.

고등학교 3년 동안 같은 반이었던 동창들 중에 유난히 기억나는 친구 얘기를 해줄게요.

어떨 땐 존재감도 없을 정도로 조용했지만 성실한 친구였어요.

3학년 2학기는 옛날이나 지금이나 진학과 취업으로 어수선한 분위기여서 한 반에 61명이었던 친구들의 상황을 다 파악하지 못했는데요.

어느 날 그 친구가 안 보이길래 물어봤더니 포항제철로 실습을 나갔다는 거예요.

그 당시의 표현으로 군기 쎄기로 이름난 기업인데 착하고 여린 친구가 그곳에서 어떻게 버텨낼 수 있을까 싶어 걱정을 했었지요.

바쁘게 살아가면서 연락처는 모른 채 문득문득 잘 지내고 있는지 궁금하곤 했었어요.

모교에 근무하자마자 제일 먼저 수소문해서 연락처를 알아냈어요.

놀랐어요.

예상하기로는 진작 그만두고 서울로 돌아왔을 것 같았던 친구가 고등학교 3학년 때 실습 나간 포스코에서 40년간 근무했던 거예요.

회사에서 기술 요직의 책임자로 있더군요.

경제적으로도 성공해서 남부럽지 않은 생활을 하고 있더라고요.

자식들도 잘 키웠고요.

학교 다닐 때 모습이었던 착한 인성과 성실성이 회사 조직에서도 그대로 비쳐서 사람들로부터 인정받고 고생을 극복할 수 있게 해준 원천이 된 것 같았어요.

고등학교 동창은 참 묘한 게 40년 만에 만났어도 연락하며 지낸 것마냥 어색하지가 않아요.

40년이면 긴 세월이라고 하지만 빨리 돌린 필름처럼 엊그제 같기도 해요. 인생은 찰나인가 봐요.

다른 친구들도 대한민국 기술 발전에 숨은 일꾼으로 기여했을 뿐만 아니라 인정받는 엔지니어로 변해있네요.

학교 다닐 땐 평범했었는데 많이 컸구나 싶어요.

기술사 된 친구들도 있고요.

산업체의 대표이사로 있는 동창들도 많더군요.

공부 잘했는지 못했는지는 얘기 안 할래요.

그 친구들이 이 글 보면 항의 들어올까봐 무서워서요.

확실하게 기억나는 건 모두들 인내심도 강하고 성실했었어요.

아! 또 전공학과로 진학한 사람들 중에는 박사님 돼서 대학교 교수님으로 계시는 선배, 동기, 후배들도 상당수입니다.

이분들은 공부 잘했어요.

그리고 근황을 파악할 수 없는 친구들도 있었어요.

왠지 미안하고 가슴 아픈 친구들이 생각나네요.

이민 간 친구도 있는데 잘 살기를 바랄 뿐이에요.

특성화고등학교나 마이스터 고등학교는 직업교육 기관이기에 장래 직업과 불가분의 관계로 이어질 수 있는데요.

전공과목, 지금은 융복합 시대이니 그냥 동일 전공분야라고 할게요.

질문입니다 —

전공분야로 직업선택을 하면 사회생활에서

유리할까요- 불리할까요-

아니면 이도 저도 아닐까요-

뭐라고요~~?

기본점수 깔고 간다고요!

성공하는 길 같다고요!

일리가 있는 것 같은데요.

거기에 "인내심, 성실함, 지속성"

비슷한 말들 같지만 전공분야에서 성공한 친구들 모두가 한결같이 갖고 있는 성품이었어요.

창의력이 있으면 금상첨화겠네요.

그리고

취미생활에 몰입했던 몇몇 동기들이 있었는데요.

전공과목보다는 동아리 활동에만 빠져 살았던 친구들이에요.

자기가 미치도록 좋아서 하는 걸 어떻게 말리겠어요.

그것이 나중에 취미에서 특기로 도약한 거죠

고등학교 졸업 후에는 동아리 취미 분야로 진학해서 교수님 된 친구도 있고요.

그중 한 명이 공업고등학교에 입학한 건지 미술반 동아리에 입학했는지 모를 정도로 수업도 내팽개치고 미술에만 매달렸어요.
3차원이라는 별명을 얻은 친구예요.
같은 반 가까운 자리에 있는데도 대화를 제대로 해볼 기회조차 잡을 수없이 얼굴 보기 힘들었으니까요.

졸업식을 하고 며칠 안된 추운 겨울날,
학교 근처 중국집에서 반 친구들과 짬뽕 국물에 소주 한잔하는 모임이 있었어요.
지금으로 말하자면 졸업 송별회 겸 회식이었죠.
그때 우연히 옆자리에 앉아있던 그 친구와 처음으로 속 얘기를 주고받았는데요. 생각보다 괜찮은 친구였어요.
수준 높은 생각과 마음도 여리고 착해 보였는데 고집은 아주 쎈 것 같았어요. 이후로는 소식도 전혀 없었고 아무도 근황을 모르더군요.

모교에서 근무하고 있다 보니 3차원 친구의 소식을 알아봐달라는 동창이 있길래 궁금했던 참에 어느 날 인터넷 검색을 해봤어요.
마지막으로 봤던 모습에서 범상치 않았던 친구의 이미지가 인터넷에 뜰 것만 같았기 때문이에요.
예상했던 대로 미술 분야의 한 축에서 유명인이 되어있었어요.
세월의 흔적에도 눈매와 얼굴 모습은 그대로여서 동명이인이 아닌 그 친구임을 바로 알아봤어요.
외골수적인 성격이 엿보였어요.

그 친구가 인터뷰한 기사를 읽으면서 고등학교 때 정신적인 방황을 심하게 했었음을 새삼 알 수가 있었는데요.

그 방황과 갈등이 지금의 명장으로 클 수 있는 계기가 되었을 수도 있었겠다 싶었어요.

정리를 하면, 특성화고등학교와 마이스터고등학교 학교생활이 장래의 직업 선택을 좌우할 수 있기 때문에 자격증 취득, 성적관리, 출결관리, 친구 관계, 생활체육, 실습 기능연마, 동아리 활동, 여행, 교내외 활동 및 봉사활동, 각종 경진대회, 채용 시험, 기능경기 대회, 체험학습 등에 진지하게 달라붙어보라고 하는 거예요.

특히 전공과목이 나에겐 안 맞는다고 회피하지만 말고 이왕 선택된 전공이니 전공 공부에 빠져보심이 어떨까요!

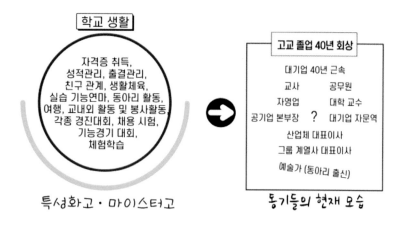

PART 04

취미·특기를 살리자

취미·특기에 관심을 갖자!

취업에 영향을 줄 수 있다

바둑, 노래, 특허출원

악기 연주, 운동 등

 공부! 공부! 신물 나게 들었지만 틀린 얘기는 아닌 것 같아요.

인생을 겪어 본 사람들 중에는 후회하는 분들도 많이 계실 텐데요. 그때 선생님 말씀 잘 듣고 공부나 열심히 할 걸이라고요.

그러나 과거 그 시대로 타임머신 타고 돌아간다고 해도 크게 바뀌진 않을 것 같아요. 자기만의 고유한 특성이 있는 데다가 자신을 둘러싼 주변 환경을 무시할 순 없을 테니까요.

문제는 자기만의 고유한 특성과 훌륭한 소질을 갖고 있다 하더라도 개발하지 않고 내버려 두면 잠재되어 있는 채로 드러나지 않을 것 같아요.

너무 어려운 얘기를 했나 보네요.

뭐든 닦아야 본색이 드러나고 빛이 나듯이 노력이 따라야 된다는 뜻이에요. 그런 면에서 교과 수업 못지않게 취미와 특기를 살리는 것도 중요하다고 보는 거죠.

취미 생활은 삶에 활력을 줄 수 있을 테고요. 자신의 가치를 높이는 작용을 할지 모르고요. 매력 있는 사람으로 거듭나게 하고 숨어있는 재능을 찾을 수도 있어요.

그 취미가 특기로 도약될지도 모르겠네요.

특성화고 · 마이스터고 3학년이 되면 취업 등을 준비하면서 이력서와 자기소개서를 작성할 건데요.

이력서와 자기소개서를 쓸 때 취미와 특기를 형식적으로 기재하는 친구들이 많더라고요. 그러면 자기의 가치를 제대로 보여주지 못할뿐더러 좋은 평가를 못 받을 수 있어요.

채용을 하는 회사나 혹은 심사 평가자에 따라서 지원자의 취미와 특기에 관심을 가질 수 있고 서류심사에서 취미와 특기 등의 소질을 보는 경우가 많거든요. 면접에서도 마찬가지겠지요.

특히 고졸 취업은 학교 성적과 출결사항, 자격증 등에서 인재를 변별하기가 어렵다고 해요. 지원자들의 스펙이 대동소이하기 때문인데요.

취미와 특기사항을 기재할 때는 운동이면 어떤 운동인지 구체적으로 쓸 필요가 있고요. 요리가 취미이거나 특기이면 어떤 요리인지 자신의 소질을 잘 드러내게 쓰면 좋을 것 같네요.

대기업이나 공기업에서는 인적성 시험 등의 선발과정도 있으니 당연히 공부를 소홀히 하면 안 되겠죠.

특성화고와 마이스터고 제자의 취업 사례를 소개할게요.

특성화고 3학년 친구가 학년초에 상담을 하고 싶다고 찾아왔어요.

취업을 하고 나서 대학 진학을 희망하는데 110kg이 넘는 비만 체중에 생기부 출결사항 절반 가까이 무단 지각과 병결로 차있었고 성적 또한 중하위권에다가 아직 자격증도 따지 못했더라고요.

대화를 하면서 느낀 것이 여린 성품에 참 착한 것 같았어요.

성장과정에서 가정불화로 인한 마음의 상처 때문에 병원에서 진단을 받고 치료 약 복용을 오랫동안 했다는 걸 알게 됐어요.

약을 먹게 되면 졸음으로 수업을 받기 어려울 정도여서 성적은 말할 것도 없고 지각과 병결로 빼곡한 생기부 출결상황이 이해가 되더라고요.

무기력증에 빠져 컴퓨터게임과 친구하면서 비만으로 이어진 거였어요. 다행히도 성장하면서 병세는 호전되고 있는 중이고 완치될 수 있다고는 해요. 안타까운 마음에 고민을 많이 했어요.

지금 진로를 도와주지 않으면 졸업 이후에 누가 챙겨주겠어요.

자신의 상태로 인해 취업을 하지 못하면 좌절감으로 밤새도록 게임에만 몰두할 테니 비만은 더할 거고 사회에서 낙오될 수 있잖아요.

비관적인 마음에 빠질지도 모르고요.

같은 반 아이들의 얘기를 들어보면 내가 본 것처럼 상당히 착하고 컴퓨터 프로그램도 잘 다룬다고 좋게 평가를 하더라고요.

상담을 하면서 게임 이외의 취미생활에 대해 이야기하는데 이 친구가 아마추어 바둑 3단이라고 하는 거예요.

"어! 그래~~!"

"거짓말 아니지?"

"진짜입니다"

그런 걸 거짓말을 할 아이는 아니지만 그래도 확인 차원에서 담임선생님과 1,2학년 때 담임선생님에게 살짝 물어봤더니 아무도 모르더군요.

초등학교 다닐 적에 바둑 배우는 친구 따라 기원에 갔다가 어깨너머로 구경하면서 배우게 됐나 봐요.

초등학교 때는 바둑대회에 나가서 상도 몇 개 받았대요.

취업교육하면서도 순간순간 느꼈던 것이 머리가 좋아 보였어요.
아까운 친구인데…. 마음이 짠했어요.
대학 진학도 가능한 회사에 취업시켜주기로 약속하면서 몇 가지 다짐을 받았어요.
불가능할지라도 목표를 준 거예요.
첫째, 1학기 성적을 2등급 이내로 끌어올리고 수학 공부해야 된다.
둘째, 2학기 개학일까지 살 빼야 한다.
셋째, 자격증 반드시 취득해야 된다.

"할 수 있겠니?"
"넵! 모두 할 수 있습니다"
모두 자신 있다고 대답을 하더라고요.
대답처럼 약속을 지킬지는 모르겠지만 기회를 잡고자 하는 자세가 마음에 들었어요.

여름방학기간에 아는 회사를 방문해서 임원분들에게 이 친구의 상황을 솔직히 이야기하고 아마추어 바둑 3단이라는 점을 강조했어요.
고맙게도 대표이사님이 채용을 수락하고 개학하면 면접을 보기로 합의를 봤어요. 생기부 출결 상태와 학교 성적, 비만 체중, 자격증 미취득으로는 취업이 불가능하지만 아마추어 바둑 3단이라는 잠재적 소질과 착한 성품을 본 거예요.
약속을 지키고 있는지 방학 중에 틈틈이 확인 전화를 했더니 체중관리는 잘하고 있는 것 같았어요.

아파트에 사는데 계단으로만 다니고 있고 밤늦게 게임하면서 즐겨 먹던 야식도 끊었다고 해요.
아파트 층수는 기억이 안 나네요.

개학하는 날 찾아왔어요.
와~~ 놀랄 만큼 살을 뺐더라고요.
20kg 정도 뺏던 걸로 기억나고 건강한 모습이었어요.
성적은 올랐는데 2등급을 못 받았어요.
자격증은 땄고 체중 감량 약속을 지켰어요.
무엇보다도 여름방학 포함해서 2달 정도의 기간에 20kg 감량을 해낸 것이 기특하고 신뢰가 가더라고요.
이 친구는 선생님과의 약속을 지키기 위해서 대단한 노력을 했던 거예요.
나도 약속을 지켰어요.
면접 인솔을 직접 해서 설계업무로 취업을 확정시켰습니다.
회사 근무하면서 건강도 좋아졌다는 소식을 들었어요.
지금쯤 돈도 많이 벌었을 것 같네요.

동아리활동으로 취업에 성공한 사례가 있는데요.
마이스터 고등학교에서 근무할 때였어요.
3학년에 올라가기 직전의 2학년을 대상으로 우선 선발하는 교내 채용박람회를 실시했는데 한 중견기업의 인사담당자가 회사 업무로 참석을 못 하는 바람에 인사담당자 대신 참석해서 회사 설명과 지원서 접수를 하게 됐어요.

내가 발굴한 기업이니까 회사에 대해서 잘 알잖아요.

질의응답을 하는 중에 한 친구가 손을 번쩍 들면서 질문과 함께 창업 동아리에서 활동하고 있다며 특허 출원도 해봤다고 하는 거예요.

그때 적잖이 놀랐어요.

2학년생이 창업동아리를 운영하면서 특허출원을 했다고 하니까요.

그 학교는 동아리를 담당교사가 전체적인 관리만 하고 아이들이 주체적으로 동아리를 구성할 수 있고 운영하며 활동하게 했거든요.

그에 따른 책임감도 갖게 했어요.

그 이후 다른 지원자들의 서류와 특허출원한 친구의 포트폴리오를 회사에 제출해서 면접을 봤는데요. 특허출원한 친구만 합격했어요.

다른 지원자들보다 학교 성적 등에서는 오히려 좀 부족한듯싶었는데 중견기업에서는 이 친구로 결정했고 고등학교 재학생을 연구소 요원으로 합격시킨 것이 처음이었다고 합니다.

그 외에도 대기업군에 들어가는 어떤 회사는 노래와 음악을 잘하는 친구들을 선호했어요.

회사 조직에 활력을 줄 수 있고 연말에는 계열사 장기자랑도 있으니 대동소이한 친구들 중에서 노래나 랩송을 잘한다든지 악기를 잘 다룰 줄 알면 관심이 더 갈 수밖에 없겠죠.

이런 동아리 추천합니다!

역동적인 동아리 활동으로 사회성 향상

골몰하고 집중할 수 있는 특허 창업동아리

취업희망자 소수 학교는 취업동아리 활성

여러 번 강조하지만 동아리 활동은 참 중요하다고 봐요.

잠재적 소질도 개발하고 사회성을 키울 수 있는 중요한 시기가 고등학교인데요.

동아리활동으로 학교생활을 즐겁고 보람 있게 해보는 거예요.

특허·창업동아리는 훌륭한 포트폴리오를 만들 수 있는 진로에 유익한 동아리이며 정보 분석과 사고력 향상에 큰 도움이 될 것 같아요.

원팀으로 움직이면 사회성 향상은 물론이에요.

그리고 취업희망자가 적은 학교는 취업동아리를 활성화해보면 어떨까 싶네요. 취업지도 선생님의 역할이 중요할 것 같아요.

PART 05

20년 진로계획

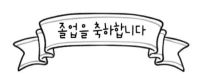

당신의 인생 또 다른 시작

이 디자인은 미리캔버스에서 제작되었습니다.

친구들이 특성화고등학교 또는 마이스터고등학교를 졸업하면서 불확실한 장래에 대한 불안감도 있을 텐데요.

그 불안감 중에는 대학 진학과 관련된 고민도 포함되어 있을 것이고 안정된 직업에 대한 갈망과 경제적인 고민도 있을 겁니다.

그래서 긴 안목으로 구체적인 진로계획을 짜보자고 하는 거예요.

특성화고 또는 마이스터고 학교생활이 장래의 직업 선택에 상당히 중요한 요인으로 작용할 수 있다고 앞에서 얘기했었죠.

그 연장선상에서 향후 20년간의 구체적인 진로계획을 구상하고 있다면 안정된 삶에 훨씬 다가갈 수 있을 거예요.

물론 지혜로운 계획과 그에 따른 실천이 반드시 따라야 하겠지요.

그러나 '아! 몰라.. 그냥 어떻게 되겠지..'하고 막연한 생각으로 살아 간다면 앞으로의 인생 역시도 그냥 그렇게 흘러가게 될지 모를 일이 고요. 불투명한 미래에 대한 막막함은 자신 스스로를 괴롭힐 수가 있어요.

이제 승리하는 인생으로 가기 위해서 진로계획을 짜보기로 해요.

자~! 그러면 속절없이 흘러갈 시간을 붙잡지는 못하겠지만

후회하지는 않도록 잘 만들어 보자고요.

단계별 계획을 세우자

친구들의 경험을 기반으로 20년 진로 계획을 짜 봤어요.

참고하여 계획을 수정해 보세요.

지금부터 시작입니다.

(20살~21살)

특성화고·마이스터고 졸업 & 취업

	특성화고등학교 · 마이스터고등학교 졸업 & 취업
1	취업: 적금통장 만들기(1년 단위 만기) → 적금 만기 후 저축통장으로 이체
2	주택청약종합저축 통장 만들기
3	직장 적응 및 인간관계 형성
4	운전면허 취득
5	TOEIC 500점 이상 공부 및 필요 외국어 습득
6	1년에 1번 이상 선생님께 안부 인사
7	운동으로 체형관리
8	국방의 의무 시작 or 경력관리

계획 수정하기:

(22살~23살)

국방의 의무→경력관리 시작

22살　　　　23살

국방의 의무 or 경력관리	
1	적금 만기 금액은 저축통장으로 이체 (오천만 원 저축 목표)
2	적금통장 다시 만들기(1년 단위 만기)
3	주택청약종합저축
4	TOEIC 600점 이상 공부 및 필요 외국어 습득
5	1년에 1번 이상 선생님께 안부 인사
6	재직자 특별전형 진학 준비, 필요 자격증 1개 이상 취득
7	운동으로 체형관리(목표 체중)
8	국방의 의무 or 전역 → 회사 복직, 경력관리
9	재직자 특별전형(대학교) 입학 가능 시기

계획 수정하기:

(24살~25살)

군 전역→재직자 특별전형 지원

군 전역 or 재직자 특별전형 지원	
1	재직자 특별전형 대학 입학 및 학업 병행
2	적금 만기 금액을 저축통장으로 이체 (오천만 원 저축 목표)
3	복리 적금 시작
4	적금통장 다시 만들기(1년 단위 만기)
5	주택청약종합저축
6	TOEIC 700점 이상 공부 및 필요 외국어 습득
7	1년에 1번 이상 선생님께 안부 인사
8	주3회 이상 운동하기
9	오천만 원 저축 달성(저금)

계획 수정하기:

(26살~27살)

저축 & 대학 학업 병행

저축 및 재직자 학업 병행
1 오천만 원 저축 달성 (저금)
2 적금통장 다시 만들기(1년 단위 만기)
3 복리 적금
4 1억 원 저축 목표
5 주택청약종합저축
6 OPIC (IM2 〈 IH 〈 AL) 등급 받기
7 국토종주 & 해외여행
8 기사,기능장 or CPA,세무사,노무사 자격증 준비 및 취득
9 재직자 대학 학업 병행 or 대학 졸업(학사 학위 취득)
10 1년에 1번 이상 선생님께 안부 인사
11 주3회 이상 운동하기

계획 수정하기:

(28살~29살)

대학 졸업 or 기사, 공인회계사 등
자격증 취득

대학 졸업(학사 학위) or 기사, 공인회계사 등 자격증 취득	
1	적금통장 다시 만들기(1년 단위 만기) 1억 원 목표
2	복리 적금
3	주택청약종합저축
4	OPIC (IH 〈 AL) 등급 받기
5	대학 졸업(학사 학위 취득) → 대학원 진학
6	기사,기능장 or CPA,세무사,노무사 자격증 취득
7	부모님 가족 동반 해외여행
8	주3회 이상 운동하기

계획 수정하기:

(30살~31살)

결혼 및 아파트 분양

결혼 및 생애 최초 아파트 분양	
1	1억 원 저축 달성 및 1년 단위 적금 유지
2	결혼 및 출산
3	생애 최초 아파트 분양
4	복리 적금 만기(저금)
5	대리급 승진
6	승용차 구입
7	대학원 진학 or CFA lv1 자격 취득 및 공부
8	연금저축 가입
9	주3회 이상 운동하기

계획 수정하기:

(32살~33살)

대학원 졸업 & 기능장, 기술사, CFA자격증

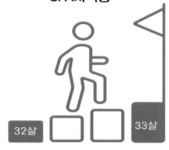

대학원 졸업(석사 학위) 및 기능장, 기술사 or CFA 자격증	
1	1년 단위 적금 유지 및 연금저축 불입
2	대학원 졸업(석사 학위)
3	대학원(박사학위과정)
4	기능장, 기술사 or CFA lv2 자격 취득 및 공부
5	주3회 이상 운동하기

계획 수정하기:

(34살~35살)

기능장, 기술사 or
CFA 자격증 취득

34살　　　　　35살

기술사 or CFA 자격증 취득	
1	1년 단위 적금 유지 및 만기 적금은 아파트 대출금 갚기
2	기능장, 기술사 or CFA lv2~lv3 자격증 취득
3	육아 도움
4	연금저축 불입
5	특허 출원
6	주3회 이상 운동하기

계획 수정하기:

(36~40살)

박사 학위 및 팀장급 승진

박사 학위 및 팀장급 승진	
1	1년 단위 적금 유지 및 만기 적금은 아파트 대출금 갚기
2	연금저축 불입
3	박사 학위 취득 or CFA lv3 자격증 취득
4	팀장급 승진
5	자녀 교육에 관심
6	주3회 이상 운동하기

계획 수정하기:

에필로그

어느 취업지원관의 소회!

중소기업 대표이사를 퇴직하고.....
치열하게 살았던 직장, 사회경험을 어떻게 하면 가치 있는
인생 2라운드 삶으로 승화시킬 수 있을까!
많은 고민과 사색으로 선택했던 특성화고등학교와 마이스터 고등학교
였습니다.

아이들에게, 제자들에게 진로 선택과 경력관리의 중요성,
지혜로운 삶의 길을 알려주고 싶었죠.
생활고 없이 잘 살아갈 수 있는 길을 안내해 주고 싶었어요.
어두운 밤길을 밝혀주는 작은 촛불이라도 되어
아이들이 넘어지지 않게, 설령 넘어지더라도 다시 일어나
똑바로 갈수 있게 손잡아 주는 이가 되고자 했던 거죠.

취업지원관으로서 초심을 잊지 않고 경기도, 전라북도
그리고 내 고향 서울에서 근무지마다 열심히 했어요.
마이스터고에 근무할 때는 전국의 취업처 발굴을 위해서
수년간 일주일에 1,000km 정도를 운전하며 잠깐 건강 이상도 있었어요.
그동안 그 수많은 사연 속에 취업시킨 아이들은
산업체의 당당한 직장인으로 성장했네요.
어려웠던 집안 살림을 피게 만드는 경제력도 갖게 됐어요.

학위연계형 일학습병행제로 취업시킨 아이들도
직장과 학업을 병행하는 난관을 극복하고 이제는 대졸 경력사원 되었어요.
회사에서 없어선 안 될 인재로 성장했습니다.
지금도 회사 근무와 학업을 병행하면서 열심히 살아가는 아이들의 소식에 뿌듯함이 생깁니다.

기업체에서는 학위연계형 일학습병행제를 전혀 몰랐던 시기에
아이들의 장래를 위해서 대표이사님들을 찾아다니며 설득시켰던
기억들이 주마등처럼 떠오르네요.
그래도 인재 육성을 위해 일학습병행 기업으로 참여해 주셨던
고마운 중소기업인들이 계셨기에 아이들이 지금의 인재로 성장할 수 있었어요.

취업처 발굴을 도맡은 고졸 취업 실무자로서 내외적으로 어려움도 참 많았습니다.

보람들이 에너지가 되어 10년간의 고졸 청년취업 노하우를 쌓을 수 있었던 것 같아요.

이제 20여 년간의 사업체 경험과 10년간의 학교 취업지원관을 퇴직하면서 취업역량교육 강의와 저서 집필을 시작했습니다.

감사합니다.

부 록

특성화고 · 마이스터고

지역별 현황

특성화고 · 마이스터고 지역별 현황

※ 신입생 모집 학과 개편이 있으므로 학교의 홈페이지 또는 교무실로 문의 바랍니다.

(서울특별시)

N	학교명	학교 유형	구분	주소	학과
1	강서공업고등학교	특성화고	공립	서울 강서구 방화동	생활디자인과/건축과/정보통신과/화학과
2	경기기계공업고등학교	특성화고	공립	서울특별시 노원구 공릉동 공릉로	자동화기계과/메카트로닉스과/전기제어과/컴퓨터전자과/유학생반/기계설계과/항공드론과/스마트설비/하이텍융합기계과/산업안전제철과/컴퓨터응용금형과/에너지제어과/신소재과
3	경기상업고등학교	특성화고	공립	서울특별시 종로구 자하문로 136	공공행정과/스마트소프트웨어과/세무회계과/금융사무과/뷰티디자인과/글로벌경영과/글로벌금융과/글로벌무역과
4	경복비즈니스고등학교	특성화고	사립	서울특별시 강서구 등촌동 화곡로	공통과정(전문계)/국제관광비즈니스과/IT비즈니스과/국제통상과
5	고명외식고등학교	특성화고	사립	서울특별시 성북구 북악산로 870	외식경영과/디저트제과경영/카페경영과/국제관광과/마케팅경영과/e비즈니

					스경영과
6	광신방송예술고등학교	특성화고	사립	서울특별시 관악구 신림동 광신길	만화영상과/방송영상과/연예엔터테인먼트/미디어메이크업아티스트과/스마트홍보마케팅과/스마트경영과
7	광운전자공업고등학교	특성화고	사립	서울특별시 노원구 월계동 광운로1길	컴퓨터전기과/컴퓨터전자과/모바일소프트웨어과/전자융합과/네크워크통신과/전자로봇과/전자통신과
8	단국대학교부속 소프트웨어고등학교	특성화고	사립	서울특별시 강남구 대치동 도곡로64길	인공지능소프트웨어과/사물인터넷소프트웨어과/게임콘텐츠과/조명제어과/조명디스플레이과/조명신소재과
9	대경상업고등학교	특성화고	사립	서울특별시 중구 매봉18길 111	금융경영과/SW디자인과/푸드조리디자인과
10	대동세무고등학교	특성화고	사립	서울 종로구 계동	공통과정/세무행정과/세무회계과/국제금융세무과
11	대일관광고등학교	특성화고	사립	서울특별시 양천구 신정이펜1로 11	관광외식산업과/관광레저과/관광외국어과/뷰티아트과/관광비즈니스과
12	대진디자인고등학교	특성화고	사립	서울특별시 강남구 수서동 광평로39길	실내건축디자인과/소프트웨어콘텐츠과/시각디자인/시각정보디자인과
13	덕수고등학교	특성화고	공립	서울특별시 성동구 행당동 왕십리로	벤처CEO과/스마트자산관리과/행정서비스과/스마트소프트웨어과/게임콘텐츠과

14	덕일전자공업고등학교	특성화고	사립	서울특별시 구로구 오류동 서해안로	전자과/정보통신과
15	동구마케팅고등학교	특성화고	사립	서울특별시 성북구 성북로8길 71	공통과정/금융자산마케팅과/문화콘텐츠마케팅/국제비즈니스과
16	동명생활경영고등학교	특성화고	사립	서울특별시 은평구 통일로 793	아동산업마케팅과/영유아보육과
17	동산정보산업고등학교	특성화고	사립	서울특별시 노원구 공릉동 공릉로	보건간호과/금융경영과/영유아보육과/뷰티아트과/외식조리과/음악영상콘텐츠과
18	동일여자상업고등학교	특성화고	사립	서울특별시 금천구 시흥동 탑골로10길	세무회계과/관광경영과/베이커리과/무역금융과/미디어콘텐츠과/디자인비즈니스과/금융경영과/디자인경영과
19	리라아트고등학교	특성화고	사립	서울특별시 중구 예장동 소파로2길	건강과학과/영상음악콘텐츠과
20	미래산업과학고등학교	특성화고	사립	서울특별시 노원구 중계동 덕릉로82길	발명창작과/생활디자인과/발명특허과/발명경영과
21	미림여자정보과학고등학교	마이스터고	사립	서울특별시 관악구 대학동	뉴미디어솔루션과/뉴미디어디자인과/인터랙티브미디어과
22	상일미디어고등학교	특성화고	사립	서울 강동구 상일동	바이오푸드/디지털미디어디자인/스마트정보통신/디지털만화영상/스마트소프트웨어
23	서서울생활과학고등학교	특성화고	사립	서울특별시 구로구 궁동 오리로	생활체육과/실용음악과/국제뷰티아트과/국제정보과학과/국제

					관광과/시각디자인과/국제조리과학과
24	서울공업고등학교	특성화고	공립	서울특별시 동작구 대방동1길 46	신재생에너지과/그래픽아트과/자동차과/섬유디자인과/정밀기계과/시스템자동화과/신소재금형과/산업설비과/전기전자과/토목건축과/세라믹아트과/바이오화공과/화공세라믹과
25	서울관광고등학교	특성화고	사립	서울특별시 관악구 봉천동 은천로15길	공통과정(전문계)/외식조리과/관광경영과/관광서비스과/관광조리코디/관광항공서비스과
26	서울금융고등학교	특성화고	공립	서울특별시 양천구 신월동 가로공원로61길	금융과/소프트웨어과/세무회계과/행정서비스과/3D프린팅과/금융회계과/금융정보과/금융자산운용과
27	서울도시과학기술고등학교	마이스터고	공립	서울특별시 성북구 종암동 종암로	해외플랜트산업설비/해외플랜트공정운용/해외건설전기통신/해외시설물건설
28	서울디자인고등학교	특성화고	사립	서울특별시 마포구 염리동 백범로	영상디자인과/패션디자인과/시각디자인과/건축디자인과/패션액세서리디자인과/푸드스타일디자인과/사운드뮤직디자인과
29	서울디지텍고등학교	특성화고	사립	서울 용산구 이태원2동	게임개발/소프트웨어개발/IOT(사물인터넷)과/게임콘텐츠과/VR콘텐츠과/공

				간정보학과
30	서울로봇고등학교	마이스터고	공립	서울특별시 강남구 일원동 광평로20길	첨단로봇설계과/첨단로봇제어과/첨단로봇시스템과/첨단로봇정보통신과
31	서울문화고등학교	특성화고	공립	서울특별시 도봉구 방학동 마들로	세무행정과/광고마케팅과/엔터테인먼트과/IOT(사물인터넷)과/콘텐츠디자인과
32	서울방송고등학교	특성화고	공립	서울특별시 성동구 옥수동 동호로5길	방송연예과/방송콘텐츠과/방송영상과/방송시스템과
33	서울신정고등학교	특성화고	사립	서울특별시 강서구 화곡4동	금융회계/관광서비스/외식조리과/생활체육/웹크리에이트/경영사무
34	서울아이티고등학교	특성화고	사립	서울 노원구 중계동	스마트웹콘텐츠과/폴리메카닉스과/컴퓨터전기전자과/네트워크보안솔루션과/스마트전자통신과
35	서울여자상업고등학교	특성화고	사립	서울특별시 관악구 봉천동 관악로	공통과정(전문계)/국제통상과/금융경제과/재무경영과
36	서울영상고등학교	특성화고	사립	서울특별시 양천구 목동로11길 46	영상경영과/영상미디어과/영상콘텐츠과
37	서울의료보건고등학교	특성화고	사립	서울특별시 중구 만리재로37길 30	보건간호공통과/보건간호과/보건경영과/치의보건간호과
38	서울전자고등학교	특성화고	공립	서울특별시 서초구 방배동 과천대로	컴퓨터그래픽과/스마트시스템과/조명아트과/게임콘텐츠과/컴퓨터네트워크과/전자과/전기과
39	서울컨벤션고등학	특성화고	사	서울 강동구	컨벤션외식조리과/

	교		립	고덕동	컨벤션공통과/컨벤션경영과/컨벤션이벤트과/컨벤션비즈니스과
40	서울항공비즈니스고등학교	특성화고	사립	서울 강서구 방화동	항공비즈니스과/관광비즈니스과/국제조리과/간호보건과/디저트제과제빵과/항공로지스틱스과
41	서일문화예술고등학교	특성화고	사립	서울특별시 종로구 지봉로17길 49	외식베이커리학과/뮤지컬연기과
42	선린인터넷고등학교	특성화고	공립	서울특별시 용산구 원효로 97길 33-4	소프트웨어과/콘텐츠디자인과/IT경영과/정보보호과/멀티미디어과(콘텐츠디자인과)/테크노경영과(IT경영과)
43	선일이비즈니스고등학교	특성화고	사립	서울 은평구 갈현동	공통과정/마케팅경영과/스마트금융회계과/글로벌무역과/디자인콘텐츠과
44	선정국제관광고등학교	특성화고	사립	서울특별시 은평 갈현동 서오릉로	국제항공여행과/호텔컨벤션과/국제의료관광간호과
45	성동공업고등학교	특성화고	공립	서울 중구 흥인동	전자과/전기과/컴퓨터응용기계과/전자기계과/건축토목과/산업설비과/주얼리디자인과
46	성동글로벌경영고등학교	특성화고	공립	서울 중구 신당1동	패션디자인과/문화콘텐츠디자인과/글로벌경영과/금융정보과/세무행정과/글로벌패션과/글로벌디자인과

47	성수공업고등학교	특성화고	공립	서울 성동구 성수2가1동	에코바이크과/기계과/전기과/자동차과/전자과
48	성암국제무역고등학교	특성화고	사립	서울특별시 강북구 도봉로29길 52	공통과정/미주무역과/중국무역과/일본무역과
49	세그루패션디자인고등학교	특성화고	사립	서울특별시 도봉구 시루봉로 53	패션비즈니스과/의상패션디자인과/패션제품디자인과/웹디자인과
50	세명컴퓨터고등학교	특성화고	사립	서울특별시 은평구 불광동 통일로92가길	스마트보안솔루션과/게임소프트웨어과/디바이스소프트웨어과/인공지능소프트웨어과/스마트디바이스과/스마트콘텐츠과
51	송곡관광고등학교	특성화고	사립	서울특별시 중랑구 망우동 양원역로	공통과정/조리과학과/호텔관광과
52	송파공업고등학교	특성화고	공립	서울특별시 송파구 거여동 양산로	전기정보과/모바일전자과/컴퓨터네트워크과/하이텍디자인과
53	수도전기공업고등학교	마이스터고	사립	서울특별시 강남구 개포로 410	에너지정보통신과/에너지기계과/에너지전자제어과/전기에너지과
54	신진과학기술고등학교	특성화고	사립	서울특별시 은평구 은평로6길 16	건설정보과/기계과/시스템제어과/자동차과
55	염광여자메디텍고등학교	특성화고	사립	서울 노원구 월계2동	보건간호과/보건행정과
56	영등포공업고등학교	특성화고	사립	서울특별시 강서구 가양동 허준로5길	IT융합전기과/IT융합기계과/IT융합건축과
		특성화고	사	서울특별시	의료IT/의료비즈니

57	영락의료과학고등학교		립	관악구 청룡동	스/보건간호/3D콘텐츠디자인과
58	영신간호비즈니스고등학교	특성화고	사립	서울특별시 노원구 중계동 중계로16나길	보건간호과/보건비즈니스과/보건뷰티학과/웰빙베이커리과/영상그래픽디자인과/시각디자인과
59	예림디자인고등학교	특성화고	사립	서울특별시 구로구 궁동 오리로21길	시각디자인과/콘텐츠디자인과/만화애니메이션/패션스타일리스트/웹디자인과/디자인경영
60	예일디자인고등학교	특성화고	사립	서울특별시 은평구 구산동	웹콘텐츠디자인과/3D공간제품디자인과/패션·스타일과/시각디자인과
61	용산철도고등학교	특성화고	공립	서울특별시 용산구 한강로3가 서빙고로24길	철도운전기계과/자동차과/철도전기신호과/철도전자통신과/철도건설과/공조설비과
62	유한공업고등학교	특성화고	사립	서울특별시 구로구 경인로 8	건축인테리어디자인과/로봇전기자동화과/자동화시스템과
63	은평메디텍고등학교	특성화고	사립	서울특별시 은평구 진관동 진관2로	보건간호과/의료정보시스템과/의료전자기기과/건강조리과
64	이화여자대학교 병설미디어고등학교	특성화고	사립	서울특별시 중랑구 망우동 망우로73길	공통/영상미디어과/미디어디자인과/미디어비즈니스과
65	인덕과학기술고등학교	특성화고	사립	서울특별시 노원구 월계동 초안산로	건설교통과/건축인테리어과/자동차과/커뮤니케이션산업디자인과/자동화기계과
66	일신여자상업고등학교	특성화고	사립	서울특별시 송파구 송파	금융정보과/회계정보과/국제통상과/디

				동 송파대로 38길	자인콘텐츠과
67	정화여자상업고등학교	특성화고	사립	서울 동대문구 제기동	병원사무관리과/사회복지사무관리과/부사관과/뷰티디자인과/비서사무관리과
68	한강미디어고등학교	특성화고	공립	서울특별시 영등포구 양평동4가 선유로55길	방송기술과/산업디자인과/사진영상과/웹미디어콘텐츠과
69	한세사이버보안고등학교	특성화고	사립	서울특별시 마포구 마포대로11길 44-80	게임과/해킹보안과정/해킹보안과/네트워크보안과/U-센서네트워크보안과
70	한양공업고등학교	특성화고	사립	서울특별시 중구 신당동 을지로	디지털전자과/컴퓨터네트워크과/건설정보과/자동차과/건축과/자동화기계과
71	해성국제컨벤션고등학교	특성화고	사립	서울특별시 동대문구 전농동 전농로	공통과정/국제전시경영과/컨벤션영어과/컨벤션경영과
72	홍익디자인고등학교	특성화고	사립	서울 마포구 연남동	멀티미디어디자인과/시각디자인과
73	화곡보건경영고등학교	특성화고	사립	서울특별시 강서구 내발산동 강서로45길	간호과/보건복지과/뷰티아트과/비서비지니스과
74	휘경공업고등학교	특성화고	공립	서울특별시 동대문구 휘경동 겸재로	전기제어과/디지털전자과/건설교통과/컴퓨터응용기계과/기계설비과/친환경자동차과/자동차과

(경기도)

N	학교명	학교 유형	구분	주소	학과
1	가온고등학교	일반고 (종합고)	사립	경기도 안성시 샛터길 46	디지털미디어과
2	경기게임마이스터고등학교	마이스터고	공립	경기도 안양시 동안구 비산동 학의로	게임개발과/글로벌뷰티경영과/국제통상IT컨텐츠과/국제통상경영과
3	경기경영고등학교	특성화고	사립	경기도 부천시 심곡로	금융경영과/회계경영과/스마트컨텐츠과/외식조리과/뷰티미용과
4	경기관광고등학교	특성화고	사립	경기도 여주시 대신면 여양로	관광경영과/관광외국어과/관광외식조리과/관광외식경영과
5	경기국제통상고등학교	특성화고	공립	경기 부천시 원미구 중1동	국제통상외국어과/국제경영정보과/국제관광경영과/국제회계정보과
6	경기모바일과학고등학교	특성화고	공립	경기도 안산시 상록구 남산평길 35	모바일그래픽디자인과/모바일컨텐츠과/모바일비즈니스과
7	경기물류고등학교	특성화고	공립	경기 평택시 안중읍 안중리	국제물류과/국제경영과
8	경기세무고등학교	특성화고	공립	경기도 파주시 적성면 솥뒤로33번길	세무행정과/부사관과
9	경기스마트고등학교	특성화고	공립	경기도 시흥시 정왕동 정왕천로	컴퓨터응용기계과/스마트전기과/기계산업설계과/뷰티아트과
10	경기영상과학고등	특성화고	공	경기도 고양	방송무대디자인과

	학교		립	시 일산서구 주엽동 강선로	/방송미디어과/방송촬영조명과/송영상연출과/스마트영상통신과
11	경기자동차과학고등학교	특성화고	사립	경기도 시흥시 금오로	자동차과/자동차IT과/자동차디자인과/미래자동차과
12	경기폴리텍고등학교	특성화고	공립	경기 군포시 산본동	친환경건축과/신에너지전기과/자동차금형/화장품과학과/보건간호과
13	경기항공고등학교	특성화고	사립	경기도 광명시 새터안로	건축과/스마트전자과/항공전기전자과/항공영상미디어과
14	경민IT고등학교	특성화고	사립	경기도 의정부시 가능동 서부로	디자인과/정보통신과/지털미디어과/의료정보시스템과
15	경민비즈니스고등학교	특성화고	사립	경기도 의정부시 가능동 서부로	관광비즈니스과/복지비즈니스과/국제비즈니스과
16	경일관광경영고등학교	특성화고	사립	경기도 안산시 단원구 선부동 석수로	관광운항과/관광레저과/금융정보과/세무회계과/재무관리과/공공행정과
17	경화여자English Business고등학교	특성화고	사립	경기도 광주시 송정동 수하길	비즈니스영어
18	고양고등학교	특성화고	공립	경기 고양시 덕양구 삼송동	애완동물관리과/원예조경인테리어과/외식식품가공/전기전자과
19	곤지암고등학교	일반고 (종합고)	공립	경기도 광주시 곤지암읍 곤지암로 82	비서 회계학과/서비스 경영학과/IT콘텐츠과/SW미디어과
20	광명경영회계고등학교	특성화고	공립	경기도 광명시 소하동 기	세무회계과/금융경영과/IT소프트웨

				아로13번안길	어과/콘텐츠디자인과/관광경영과
21	광주중앙고등학교	일반고 (종합고)	공립	경기도 광주시 역동 역동로63번길	산업기계과/식품가공과/농업유통정보과/조경과
22	광탄고등학교	일반고 (종합고)	사립	경기 파주시 광탄면 신산리	부사관과
23	군자디지털과학고등학교	특성화고	공립	경기도 시흥시 군자로487번길 54	디지털바이오텍/디지털전자과/디지털제어시스템과/디지털섬유과
24	군포e비즈니스고등학교	특성화고	공립	경기도 군포시 수리산로	그래픽디자인과/마케팅과/스마트소프트웨어과/IT융합과/금융회계과/뷰티케어과/경영과/회계과/디지털콘텐츠과/디자인과
25	근명고등학교	특성화고	사립	경기도 안양시 만안구 안양동 삼덕로	마케팅경영과/패션산업디자인과/앱서비스과/베이커리카페과
26	금곡고등학교	일반고 (종합고)	공립	경기도 남양주시 경춘로 992번길 10	회계금융과/글로벌경영과/IT컨텐츠과/e-비즈니스과
27	김포제일공업고등학교	특성화고	공립	경기도 김포시 북변동 봉화로	컴퓨터응용기계과/전기에너지설비과/화장품화학과/IT전자과/전기제어시스템과/생명환경화공과/전자계산기과
28	남양고등학교	일반고 (종합고)	공립	경기도 화성시 남양읍 시청로45번길	관광경영과
29	남양주공업고등학교	특성화고	공립	경기 남양주시 화도읍 월	지오매틱스과/스마트앱통신과/건

			산리	축 리 모델링과/광 테크전자
30	다산고등학교	일반고 (종합고)	사립	경기 이천시 사음동	의료정보과/ 보건간호과
31	대부고등학교	일반고 (종합고)	공립	경기 안산시 단원구 대부북동	정보처리과
32	덕영고등학교	특성화고	사립	경기도 용인시 처인구 고림로74번길 15	소프트웨어과/경영회계과/보건간호과/빅데이터과/글로벌회계정보과/글로벌통상정보과
33	동두천중앙고등학교	일반고 (종합고)	공립	경기도 동두천시 평화로	정보전자과
34	동일공업고등학교	특성화고	사립	경기도 평택시 중앙로	자동차과/디지털전자제어과/컴퓨터미디어보안과/지형공간디자인과/자동차공조시스템제어과
35	두원공업고등학교	특성화고	사립	경기도 안성시 미양면 미양로 727	디지털산업디자인과/전기전자과/초정밀기계과/자동화기계과
36	마장고등학교	일반고 (종합고)	공립	경기도 이천시 마장면 마도로	물류경영과/외식경영과/e-비즈니스과/사이버정보통신과
37	매향여자정보고등학교	특성화고	사립	경기도 수원시 팔달구 매향동 수원천로	보건간호과/공공사무행정과/소셜미디어콘텐츠과/회계금융비즈니스과/호텔관광비즈니스과/회계정보과/금융정보과
38	문산수억고등학교	일반고 (종합고)	사립	경기 파주시 파주읍 봉서리	금융자산운용과/ 출판미디어과
39	문산제일고등학교	일반고 (종합고)	공립	경기도 파주시 평화로	관상원예과/ 식품가공
40	발안바이오과학고	특성화고	공립	경기도 화성	바이오식품과학과

				시 향남읍 발안로	/푸드스타일링과/외식산업과/레저동물산업과
	등학교		립		
41	백암고등학교	일반고 (종합고)	공립	경기 용인시 처인구 백암면 근창리	회계사무과
42	부원고등학교	일반고 (종합고)	사립	경기도 이천시 장호원읍 서동대로	건설정보과/반도체전자과
43	부천공업고등학교	특성화고	공립	경기도 부천시 소사구 송내동 경인로	스마트전기과/금형디자인과/IT전자과/정보통신과/건축디자인과/자동차과/컴퓨터응용기계과/소방화공과
44	부천정보산업고등학교	특성화고	공립	경기도 부천시 원미구 상동 신상로	세무경영과/호텔외식관광과/IT디자인과/SW콘텐츠과
45	분당경영고등학교	특성화고	공립	경기도 성남시 분당구 금곡동 금곡로	그래픽디자인과/호텔관광경영과/IT소프트웨어과/회계금융과/스마트경영과
46	비봉고등학교	일반고 (종합고)	사립	경기 화성시 비봉면 양노리	IT경영과/콘텐츠디자인과/서비스마케팅과/웹툰조형과
47	삼일공업고등학교	특성화고	사립	경기도 수원시 팔달구 매향동 수원천로392번길	화학공업과/환경과/기계과/전기과/전자과/3D융합콘텐츠과/경찰사무행정과/사물인터넷과/레저스포츠과/공유경제시스템과/정보통신과/발명디자인과
48	삼일상업고등학교	특성화고	사립	경기 수원시 팔달구 매향동	ERP스마트경영과/플랫폼비즈니스경영과/외식경영과/IT메이커스경영과/IT경영과/ERP경영과/세무행

					정과/금융비즈니스
49	성남금융고등학교	특성화고	공립	경기도 성남시 분당구 야탑동 장미로	금융회계과/항공관광경영과/경영사무과/스마트 소프트웨어과/커뮤니케이션 디자인과/금융IT디자인과
50	성남테크노과학고등학교	특성화고	공립	경기 성남시 중원구 하대원동	자동화기계과/디지털전기전자과/건축디자인과/영상제작과/정보보안과
51	성보경영고등학교	특성화고	사립	경기도 성남시 수정구 논골로 82	기업홍보디자인과/보건간호과/외식조리경영과/관광레저경영과/세무행정과
52	성일정보고등학교	특성화고	사립	경기도 성남시 중원구 성남동 시민로 77번길	금융경영과/회계정보과/창업마케팅과/스마트웹콘텐츠과/소프트웨어개발과/뷰티디자인과/부사관과
53	세경고등학교	특성화고	사립	경기 파주시 파주읍 연풍1리	미디어콘텐츠디자인과/반도체디스플레이과/건축미디어디자인과/디지털정보전자과/디지털자동차과/보건간호학과
54	수원공업고등학교	특성화고	사립	경기 수원시 팔달구 인계동	디지털게임과/정보네트워크과/건설정보과/전자통신과/기계과/전기전자제어과/건축디자인과/자동차과
55	수원농생명과학고등학교	특성화고	공립	경기도 수원시 장안구 광교산로	생물자원과학과/식품생명과학과/바이오시스템과
56	수원정보과학고등학교	특성화고	공립	경기도 수원시 영통구 동수원	컴퓨터전자과/디지털네트워크과/IT

				로 5 5 1 번 길 16	산업디자인과/IT경영정보과/IT소프트웨어과
57	수원하이텍고등학교	마이스터고	공립	경기도 수원시 영통구 영통동 청명북로	메카트로닉스과/전기전자제어과/정밀기계과/자동화시스템과
58	신일비즈니스고등학교	특성화고	공립	경기도 고양시 일산서구 일산동 킨텍스로	금융자산운용과/마케팅디자인과/세무회계과/보건간호과/스토어기획과/국제경영과
59	안산공업고등학교	특성화고	사립	경기 안산시 상록구 부곡동	화공과/전기과/기계과/디자인과/전자과/컴퓨터과
60	안산국제비즈니스고등학교	특성화고	사립	경기 안산시 상록구 장상동	비즈니스일본어과/비즈니스중국어과/경영사무과/쇼핑몰제작과/보건간호과/비즈니스콘텐츠과/부사관과/미용과
61	안산디자인문화고등학교	특성화고	사립	경기 안산시 상록구 본오3동	공연콘텐츠과/미디어콘텐츠과/패션디자인과/시각디자인과/스마트경영과/인터넷비지니스과
62	안양공업고등학교	특성화고	공립	경기도 안양시 만안구 안양동 양화로28번길	전기제어시스템과/전자기계과/패션소재디자인과/화학공업과/3D건축디자인과/건설기술행정과/XR융합응용학과/건축토목과/신소재화학공업과
63	안양여자상업고등	특성화고	사	경기도 안양시	관광비즈니스과/

	학교		립	만안구 안양동 양화로	금융경영과/비서사무과/보건간호과
64	안중고등학교	일반고 (종합고)	사립	경기 평택시 안중읍 현화리	자동차과/전자과
65	양동고등학교	일반고 (종합고)	사립	경기 양평군 양동면 쌍학3리	미용예술과/ 호텔조리과
66	양서고등학교	일반고 (종합고)	사립	경기도 양평군 양서면 상촌길	정보처리과/ 웹디자인과
67	양영디지털고등학교	특성화고	공립	경기도 성남시 분당구 불정로 386번길 35	정보통신과/전자제어과/소프트웨어개발과/바이오화학과
68	양평고등학교	일반고 (종합고)	공립	경기 양평군 양평읍 양근1리	식품과학과/ 바이오식품과
69	양평전자과학고등학교	특성화고	공립	경기 양평군 양서면 국수리	전기제어과/ 전자정보과
70	여주자영농업고등학교	특성화고	공립	경기도 여주시 능서면 농도원1길 78-1	자영조경과/ 자영축산과/ 자영식품산업과/ 자영원예과
71	여주제일고등학교	일반고 (종합고)	사립	경기도 여주시 가남읍 여주남로 1155-15	세무행정과
72	연천고등학교	일반고 (종합고)	공립	경기도 연천군 연천읍 연천로 336번길 13	산업기계과/ 인터넷정보과
73	영북고등학교	특성화고	공립	경기도 포천시 영북면 영북로	부사관과/드론과/ 경영정보과
74	오산정보고등학교	특성화고	공립	경기도 오산시 청학동 청학로	기업경영과/회계금융과/IT콘텐츠과
75	용문고등학교	일반고 (종합고)	사립	경기도 양평군 용문면 용문로	회계금융과
76	용인바이오고등학교	특성화고	공립	경기도 용인시 처인구 이동면	바이오식품과/조경디자인과/레저동물

				경기동로687번길	과/환경원예과
77	은혜고등학교	일반고 (종합고)	사립	경기도 평택시 장안동 장안웃길	스마트경영과/글로벌통상과/스마트콘텐츠과
78	의정부공업고등학교	특성화고	공립	경기도 의정부시 가능로	화학시스템공업과/건설정보과/자동차과/컴퓨터응용기계과/전기에너지과/건축디자인과/스마트전자과
79	이천세무고등학교	특성화고	공립	경기 이천시 설성면 금당리	세무회계과/세무정보과
80	이천제일고등학교	일반고 (종합고)	공립	경기도 이천시 안흥동 애련정로	조경원예과/요업디자인과/농업토목과/식품가공과/디지털전자과/전산응용기계과
81	일동고등학교	일반고 (종합고)	공립	경기도 포천시 일동면 화동로	정보처리과
82	일산고등학교	특성화고	공립	경기 고양시 일산서구 일산동	생명화학공업과/멀티미디어디자인과/조리디자인과/인테리어디자인과/뷰티디자인과/제과제빵과
83	일산국제컨벤션고등학교	특성화고	공립	경기도 고양시 일산서구 주엽동 고봉로	컨벤션관광과/컨벤션경영과/패션코디네이션과/IT소프트웨어과/광고디자인과/컨벤션비즈니스과/컨벤션광고디자인과
84	일죽고등학교	특성화고	공립	경기도 안성시 일죽면 서동대로 7446	골프산업경영과/레저식품경영과
85	전곡고등학교	일반고 (종합고)	공립	경기도 연천군 전곡읍 은대리	자동차과학과

86	조종고등학교	일반고 (종합고)	공 립	경기도 가평군 하면 연등윗길	회계정보과
87	죽산고등학교	일반고 (종합고)	공 립	경기도 안성시 죽산면 죽산향 교길 54-40	경영사무과/ 정보컴퓨터과
88	지평고등학교	일반고 (종합고)	공 립	경기도 양평군 지평면 지평로	보건간호과
89	진위고등학교	일반고 (종합고)	사 립	경기도 평택시 진위면 진위서 로 47	정보처리과/ 사무자동화과
90	청담고등학교	특성화고	사 립	경기도 평택시 팽성읍 송화리	금융경영과/인터넷 정보과/부사관 /스 포츠레저/글로벌마 케팅과
91	청평고등학교	일반고 (종합고)	공 립	경기도 가평군 청평면 강변나 루로40번길	에코시스템디자인 과/유비쿼터스전기 전자과
92	통진고등학교	일반고 (종합고)	사 립	경기도 김포시 통진읍 김포대 로 2165	금융세무과
93	파주여자고등학교	일반고 (종합고)	사 립	경기도 파주시 월롱면 영태리	외식경영과/금융 회계과
94	평촌경영고등학교	특성화고	공 립	경기도 안양시 동안구 관양동 학의로	회계금융경영과/ 관 광경영과/스마트콘 텐츠과/외식조리과
95	평촌공업고등학교	특성화고	공 립	경기도 안양시 동안구 갈산로 16	전기전력과/전자통 신과/전자기계과/ 산업디자인과
96	평택기계공업고등 학교	마이스터고	공 립	경기도 평택시 중앙1로	자동화설비과/전기 전자제어과/정밀기 계과/금형설계과/ 자동차금형과/자동 차기계과
97	평택여자고등학교	일반고 (종합고)	공 립	경기도 평택 시 세교동 영 신로	경영정보과

98	포천일고등학교	일반고 (종합고)	공립	경기도 포천시 군내면 청군로	축산생명과학과/경영정보과
99	하남경영고등학교	특성화고	공립	경기도 하남시 대청로116번길 11	금융회계과/서비스경영과/보건간호과/서비스디자인과/스마트IT과/광고홍보디자인과/디지털콘텐츠과
1 0 0	하성고등학교	일반고 (종합고)	공립	경기도 김포시 하성면 애기봉로	컨벤션경영과/국제통상과
1 0 1	한국관광고등학교	특성화고	사립	경기도 평택시 고덕면 고덕북로 185	관광영어통역과/관광일본어통역과/관광중국어통역과
1 0 2	한국도예고등학교	특성화고	공립	경기도 이천시 신둔면 둔터로	도예과
1 0 3	한국디지털미디어고등학교	특성화고	사립	경기 안산시 단원구 와동	디지털콘텐츠과/이비즈니스과/해킹방어과/웹프로그래밍학과
1 0 4	한국문화영상고등학교	특성화고	사립	경기도 동두천시 평화로 2452번길 32	영상비즈니스과/금융비즈니스과/관광비즈니스과
1 0 5	한국애니메이션고등학교	특성화고	공립	경기도 하남시 검단산로 223	영상연출과/애니메이션과/컴퓨터게임제작과/만화창작과
1 0 6	한국외식과학고등학교	특성화고	사립	경기 양주시 남면 신산리	조리과학과/카페베이커리관광과/관광과
1 0 7	한국조리과학고등학교	특성화고	사립	경기도 시흥시 금오로	조리과
1 0 8	한봄고등학교	특성화고	사립	경기도 수원시 권선구 탑	뷰티아트과/빅데이터정보과/스마트제

			동 호매실로	어과/시각디자인과/캐릭터창작과/반도체전자/IT모바일과/IT디자인과
1 9	홍익디자인고등학교	특성화고	사 립	경기도 화성시 기안동	IT건축디자인과/IT산업디자인과

(인천광역시)

N	학교명	학교 유형	구 분	주소	학과
1	강남영상미디어고등학교	특성화고	공 립	인천광역시 강화군 길상면 강화남로	영상미디어
2	계산공업고등학교	특성화고	공 립	인천광역시 계양구 계산동 도두리로	자동화설비시스템과/컴퓨터금형디자인과/디지털전기과/식품생명과학과/컴퓨터정보전자과
3	도화기계공업고등학교	특성화고	공 립	인천광역시 남구 도화동	산업설비과/전산이용기계과/폴리메카닉스과/전기과/자동화도제과/기계공작과/자동화기계과
4	문학정보고등학교	특성화고	공 립	인천 남구 문학동	비서사무과/스마트미디어과/회계금융/빅데이터금융과
5	부평공업고등학교	특성화고	공 립	인천광역시 부평구 주부토로 194	자동화기계과(로보테크과)/전기과/토목과/그린자동차과/정밀기계과(폴리메카닉스과)
6	영종국제물류고등학교	특성화고	공 립	인천광역시 중구 운남동 운남서로10번길	국제물류과

7	영화국제관광고등학교	특성화고	사립	인천광역시 동구 창영동 우각로	외식조리과/호텔경영과/관광외국어과/관광경영과/금융서비스과
8	인천금융고등학교	특성화고	사립	인천광역시 남동구 함박뫼로	금융과/사무행정과/애니메이션과
9	인천기계공업고등학교	특성화고	공립	인천광역시 남구 주안동 한나루로	도시건설정보과/건축디자인과/자동차테크과/메카트로닉스과/정밀기계과/전기과/전기제어과
10	인천대중예술고등학교	특성화고	공립	인천광역시 미추홀구 석정로 165	드론도시설계과/인테리어디자인과/스마트Iot과/전기과/드론운용과/실용음악/사회기반시스템과/사물인터넷과
11	인천디자인고등학교	특성화고	공립	인천 서구 연희동	도예디자인과/건축디자인과/패션디자인과/제품디자인과/시각디자인과
12	인천미래생활고등학교	특성화고	공립	인천광역시 부평구 부개동 수변로	인테리어과/패션코디네이터과/바이오식품과/조리과/스마트디자인과/실용디자인과
13	인천보건고등학교	특성화고	사립	인천 서구 석남3동	보건간호과/보건의료서비스과/보건행정과
14	인천뷰티예술고등학교	특성화고	공립	인천광역시 연수구 원인재로 21	뷰티식품과/뷰티디자인과/뷰티아트과/코스메틱과
15	인천비즈니스고등학교	특성화고	공립	인천광역시 미추홀구 장고개로 31	항공서비스과/부사관경영과/금융사무과/스마트IT과/항공비즈니스과/미디어비즈니

				스과/국제경영과
16	인천산업정보학교 [각종학교]	특성화고	공립	인천광역시 동구 금창로	스마트자동차과/호텔조리과/뷰티미용과/사진영상예술과/시각디자인과/관광중국어과/소프트웨어과
17	인천생활과학고등학교	특성화고	공립	인천광역시 연수구 함박뫼로 103	패션스타일과/토탈미용과/조리과학과
18	인천세무고등학교	특성화고	사립	인천광역시 서구 청마로	공통과정(전문계)/세무회계과/수출입물류과
19	인천여자상업고등학교	특성화고	공립	인천광역시 중구 신생동 인중로	국제통상과/디지털정보과/회계금융과/경영사무과
20	인천재능고등학교	특성화고	사립	인천광역시 동구 송림동	스마트전기과/스마트통신과/스마트전자과/스마트반도체과/스마트건축과
21	인천전자마이스터고등학교	마이스터고	공립	인천광역시 미추홀구 석정로	전자통신학부/정보통신기기과/전자회로설계과/전자제어과
22	인천정보산업고등학교	특성화고	공립	인천광역시 중구 율목동	전산과/통신과/전자과/IT응용과
23	인천중앙여자상업고등학교	특성화고	사립	인천광역시 중구 도원동 샛골로	세무회계과/금융회계과/항공경영과/회계정보과
24	인천해사고등학교	마이스터고	국립	인천광역시 중구 월미로	기관과/항해과
25	인천해양과학고등학교	특성화고	공립	인천광역시 연수구 능허대로	해양생명과학과/에너지시스템과/기관시스템과/식품외식산업과/항해사관과
26	인평자동차고등학교	특성화고	사립	인천 부평구 산곡동	에코자동차과/자동차IT과
27	정석항공과학고등학	특성화고	사	인천광역시	항공전자제어과/항

N	학교명	학교유형	구분	주소	학과
	교		립	미추홀구 인하로	공기계과/항공정비과/항공전자과
28	청학공업고등학교	특성화고	공립	인천광역시 연수구 용담로	전기과/기계설계과/자동화기계과/바이오화학과/스마트전자과/전자기계과
29	한국글로벌셰프고등학교	특성화고	사립	인천광역시 강화군 내가면 강화서로 184	조리과학과
30	한국주얼리고등학교	특성화고	사립	인천광역시 서구 백석동 서곶로	주얼리디자인

(강원도)

N	학교명	학교유형	구분	주소	학과
1	강릉문성고등학교	일반고 (종합고)	사립	강원 강릉시 지변동	사무회계과
2	강릉정보공업고등학교	특성화고	공립	강원도 강릉시 주문진읍 학교길 26	미용디자인과/소프트웨어과/신재생에너지과/그린자동차과/조리제빵과/식품과학과
3	강릉중앙고등학교	특성화고	공립	강원도 강릉시 입암동 강변로	기계과/전자과/전기과/조경과/건설디자인과/항공기계과/전자기계과
4	강원생활과학고등학교	특성화고	공립	강원 홍천군 남면 양덕원리	보건간호과/미용예술과
5	강원애니고등학교	특성화고	공립	강원도 춘천시 서면 박사로	문화콘텐츠과
6	거진정보공업고등학교	특성화고	공립	강원 고성군 거진읍	전기전자과/금융회계과
7	고한고등학교	일반고 (종합고)	공립	강원 정선군 고한읍 고한17리	경영정보과
8	김화공업고등학교	특성화고	공	강원도 철원군	전기시스템제어과

				립	서면 와수1로	/웰빙식품과/IT융합과/식품공업과/전자응용제어과
9	도계고등학교	일반고 (종합고)	공립		강원도 삼척시 도계읍 도계느티로 69	인터넷통신과
10	도계전산정보고등학교	특성화고	공립		강원도 삼척시 도계읍 도계느티로	회계경영과/정보사무과
11	동광산업과학고등학교	특성화고	공립		강원 고성군 토성면 백촌리	원예과/카테크튜닝과/조리과학과/산업중장비과/기계과/전자기계과/컴퓨터응용기계과
12	동해광희고등학교	일반고 (종합고)	사립		강원도 동해시 청운로 112	경영정보과/사무회계과/멀티미디어과/정보처리과
13	동해상업고등학교	특성화고	공립		강원 동해시 동호동	광고디자인과/금융회계과/부사관경영과
14	삼척마이스터고등학교	마이스터고	공립		강원도 삼척시 근덕면 삼척로	전기전자제어과/자동화기계과
15	상지대관령고등학교	일반고 (종합고)	사립		강원도 평창군 대관령면 해당화3길	회계정보과
16	석정여자고등학교	일반고 (종합고)	사립		강원도 영월군 영월읍 영월로 1914-11	관광경영과/비지니스정보과/사이버정보통신과/정보처리과
17	설악고등학교	일반고 (종합고)	공립		강원 속초시 조양동	회계경영과/웹디자인과
18	성수여자고등학교	일반고 (종합고)	사립		강원 춘천시 낙원동	인터넷비지니스과
19	소양고등학교	특성화고	공립		강원도 춘천시 사농동 영서로	산업기계과/바이오식품가공/디지털전자과/스마트정보과/산림조경과/IOT그린전기

					차과/스마트자영생명과/자영생명과학과/전기자동차과
20	양양고등학교	일반고 (종합고)	공립	강원도 양양군 양양읍 복개길	정보처리과
21	영서고등학교	특성화고	공립	강원도 원주시 관설동 치악로	산업기계과/동물자원과/환경조경과/식품산업과/생활원예과/회계정보과/사무행정과/골프경영과
22	원주공업고등학교	특성화고	공립	강원도 원주시 고문골길 54	전기과/건축과/토목과/컴퓨터응용기계과/모바일전자과/자동차과/드론전자과/산업창작과
23	원주금융회계고등학교	특성화고	공립	강원도 원주시 부론면 부귀로	금융회계
24	원주의료고등학교	마이스터고	공립	강원도 원주시 문막읍 원문로 1756	의료기계과/의료전기전자과/바이오의약과
25	정선정보공업고등학교	특성화고	공립	강원도 정선군 정선읍 용담샛길	정보처리과/토목과/금융정보과
26	주천고등학교	일반고 (종합고)	공립	강원도 영월군 주천면 주천리	생명산업자영과
27	춘천기계공업고등학교	특성화고	공립	강원도 춘천시 후석로462번길 53	건축토목과/기계과/전기과/금형과/자동차과/산업설비과
28	춘천한샘고등학교	특성화고	공립	강원 춘천시 신북읍 율문리	인터넷비지니스과/화장품응용과학과/패션디자인과/조리과/미용과/디자인콘텐츠과/게임개발과
29	태백기계공업고등학교	특성화고	공립	강원 태백시 장성동	자동차과/전기과/자동화기계과/특수기계과/디지털모델링과/전산건축설계과/

N	학교명	학교유형	구분	주소	학과
					금형기계과
30	한국소방마이스터고등학교	마이스터고	공립	강원도 영월군 영월읍 영모전길	소방안전관리/친환경건설과/SMT전자과/정밀기계과/전기/신재생에너지과/비철엠테크과
31	함백고등학교	일반고 (종합고)	공립	강원도 정선군 신동읍 함백로	유통정보과
32	홍천농업고등학교	특성화고	공립	강원 홍천군 홍천읍 결운리	원예2/원예1/원예3/동물자원과
33	화천정보산업고등학교	특성화고	공립	강원도 화천군 화천읍 상승로 69	인터넷정보과/행정정보과/전기과전자과
34	황지정보산업고등학교	특성화고	공립	강원도 태백시 문화로1길 1	회계금융과/디지털컨텐츠과/마케팅정보과

(대전광역시)

N	학교명	학교유형	구분	주소	학과
1	계룡디지텍고등학교	특성화고	사립	대전광역시 동구 삼성동 소랑길	정보통신과/전자과
2	대덕소프트웨어마이스터고등학교	마이스터고	공립	대전광역시 유성구 가정북로	마이스터공통/SW개발과/임베디드SW과/정보보안과
3	대전공업고등학교	특성화고	공립	대전광역시 유성구 원내동 진잠로42번길	전기과/스마트기계과/친환경자동차과/스마트전자과/드론지형정보과/건축리모델링과/토목과/기계과/전자과/건축과/자동차과
4	대전국제통상고등학교	특성화고	공립	대전광역시 중구 문화동 서문로	국제통상과/생활과학과/상업정보과
5	대전대성여자고등	특성화고	사	대전 동구 가	보건간호과/경영

	학교		립	양1동	회계과/미디어디자인과/외식조리과/뷰티디자인과
6	대전생활과학고등학교	특성화고	사립	대전광역시 대덕구 오정동 동산초교로63번길	건축인테리어과/바이오케미컬과/전기전자과/토탈뷰티과/조리제빵과
7	대전신일여자고등학교	특성화고	사립	대전광역시 중구 부사로 48	경영계열/예술계열/만화예술과/디자인과/경영정보과/금융회계과/미디어예술과
8	대전여자상업고등학교	특성화고	사립	대전광역시 중구 선화동 대종로550번길	IT사무행정과/회계융합행정과/회계경영과/회계정보과
9	대전전자디자인고등학교	특성화고	공립	대전 유성구 화암동	광고영상디자인과/컴퓨터응용기계과/제과제빵과/토탈미용과/부사관과/드론전자과/전기전자과(SMT운용과정)/전기전자과(전기전자과정)
10	동아마이스터고등학교	마이스터고	사립	대전 동구 자양동	자동화시스템과/기계과/전기전자제어과
11	유성생명과학고등학교	특성화고	공립	대전광역시 유성구 구암동 월드컵대로	생명과학과/토탈미용과/자동차,건설정보과/보건간호과
12	충남기계공업고등학교	특성화고	공립	대구 중구 문화동	전자기계과/산업설비과/CNC선반과/CNC밀링과/기계설계과/전기과/금형과/금형제작과/응용소재과

(충청남도)

N	학교명	학교 유형	구 분	주소	학과
1	강경상업고등학교	특성화고	공 립	충청남도 논산시 강경읍 계백로 220	금융정보과/전산회계정보과/부사관경영과/경찰사무행정과
2	공주마이스터고등학교	마이스터고	공 립	충남 공주시 유구읍 백교리	전기전자과
3	공주생명과학고등학교	특성화고	공 립	충청남도 공주시 신관동 금벽로	축산경영과/농업경영과/원예경영과/농업토목과/유통정보과/농업기계과/식품가공과
4	공주정보고등학교	특성화고	사 립	충청남도 공주시 마곡동길 29	경영정보과/금융정보과/보건간호과
5	금산산업고등학교	특성화고	공 립	충청남도 금산군 금산읍 진악로	식물자원과/금융회계과/자동제어과
6	금산하이텍고등학교	특성화고	공 립	충청남도 금산군 진산면	전기제어과/자동화기계과/식품제조공정과
7	논산공업고등학교	특성화고	공 립	충청남도 논산시 시민로 365	건축토목과/식품응용화학과/자동차기계과/전기과
8	논산여자상업고등학교	특성화고	사 립	충남 논산시 강산동	경영정보과/관광비지니스과/조리과
9	당진정보고등학교	특성화고	공 립	충청남도 당진시 운학길 5	공통과정/회계사무과/유통물류과/세무회계과/회계정보과/디지털경영과
10	대천여자상업고등학교	특성화고	공 립	충청남도 보령시 여망길 60	금융회계과/경영사무과/유통판매과
11	병천고등학교	특성화고	공 립	충남 천안시 동남구 병천면 탑원리	조리과 / 미용과
12	부여전자고등학교	특성화고	공 립	충남 부여군 임천면 만사리	전자과 / 전기과
13	부여정보고등학교	특성화고	공	충청남도 부여군	경영사무과/

		립	규암면 충절로 2316번길	금융회계과
14	삽교고등학교	일반고 (종합고)	사 립	충청남도 예산군 삽교읍 삽교로	사무행정과
15	서산공업고등학교	특성화고	공 립	충청남도 서산시 운산면 운암로 1072-12	화학공업과/자동차과/정밀기계과/자동차기계과
16	서산중앙고등학교	일반고 (종합고)	공 립	충청남도 서산시 동문동 벌말1길	생물산업기계과/원예조경과/식품가공과
17	서천여자정보고등학교	특성화고	사 립	충남 서천군 서천읍 화금리	e-shop경영과/뷰티디자인/융합미디어/회계정보과/e-shop디자인과
18	성환고등학교	특성화고	공 립	충남 천안시 서북구 성환읍 송덕리	보건간호과/관광경영과
19	아산전자기계고등학교	특성화고	공 립	충청남도 아산시 둔포면 둔포중앙로	전자기계과
20	연무대기계공업고등학교	마이스터고	공 립	충청남도 논산시 연무읍 연무로	자동차 소재공정과/자동차 전장제어과/자동차 금형과
21	예산예화여자고등학교	특성화고	사 립	충청남도 예산군 예산읍 예산로	e-비즈니스과/ 디지털영상과/외식조리과
22	예산전자공업고등학교	특성화고	공 립	충남 예산군 예산읍 관작리	정보통신과/디지털전자과/전기제어과
23	온양한올고등학교	일반고 (종합고)	사 립	충청남도 아산시 청운로 158	국제통상외국어과/정보처리과
24	장항공업고등학교	특성화고	공 립	충청남도 서천군 장항읍 신창새로	전기과 / 기계과
25	주산산업고등학교	특성화고	공 립	충남 보령시 주산면 금암리	자동차기계과/건설시스템과/조경과/식품제조과
26	천안공업고등학교	특성화고	공 립	충청남도 천안시 동남구 성황5길	화학공업과/토목과/건축과/전자기계과/기계과/전기과
27	천안상업고등학교	특성화고	사 립	충청남도 천안시 서북구 신당동 천일3길	공통과정(전문계)/사무회계과/디자인콘텐츠과/물류

N	학교명	학교유형	구분	주소	학과
					유통과
28	천안여자상업고등학교	특성화고	사립	충청남도 천안시 동남구 봉명동 천안여상로	공통과정/금융정보과/비즈니스정보/국제통상
29	천안제일고등학교	특성화고	공립	충남 천안시 동남구 원성동	5농공과1/1동물자원과/2원예조경과/3식품가공과/4산업유통과
30	청양고등학교	일반고 (종합고)	공립	충청남도 청양군 청양읍	바이오식품과/ 비즈니스과
31	충남드론항공고등학교	특성화고	공립	충청남도 홍성군 광천읍 홍남로	드론테크과/드론비즈과/경영사무과/금융회계과
32	충남인터넷고등학교	특성화고	공립	충청남도 논산시 연산면 한전리	인터넷상거래과/금융회계과
33	충남해양과학고등학교	특성화고	공립	충남 보령시 신흑동	자영수산과/냉동공조과/동력기계과/해양생산과
34	태안여자고등학교	일반고 (종합고)	사립	충청남도 태안군 태안읍 원이로	정보처리과
35	한국 K-POP고등학교	일반고 (종합고)	사립	충청남도 홍성군 광천읍	K-POP공연예술과
36	한국식품마이스터고등학교	마이스터고	공립	충청남도 부여군 홍산면 홍산로	공통과/식품제조공정과/식품품질관리과
37	합덕제철고등학교	마이스터고	공립	충남 당진시 합덕읍 소소리	철강자동화과/철강기계과
38	홍성공업고등학교	특성화고	공립	충청남도 홍성군 결성면 구성남로	기계과/전기과

(충청북도)

N	학교명	학교유형	구분	주소	학과
1	대성여자상업고등학교	특성화고	사립	충청북도 청주시 상당구 대성로	사무경영정보과/회계정보과/금융정보

				220	과
2	보은정보고등학교	특성화고	공립	충청북도 보은군 보은읍 성주길	회계사무과
3	영동미래고등학교	특성화고	사립	충청북도 영동군 영동읍 대학로	보건간호과/금융회계과/창업경영과/유통경영과/e비즈니스과
4	영동산업과학고등학교	특성화고	공립	충청북도 영동군 영동읍 학산영동로	바이오식품과/ 전자기계과/골프과
5	제천디지털전자고등학교	특성화고	공립	충청북도 제천시 봉양읍 팔송로	보건간호과/전기전자과/IT전자과
6	제천산업고등학교	특성화고	공립	충청북도 제천시 고명동 단양로	뷰티미용과/전기제어과/기계과
7	제천상업고등학교	특성화고	공립	충청북도 제천시 의병대로 243	사무행정과/금융세무과/스포츠경영과/금융과/서비스마케팅과/E-비즈니스과
8	증평공업고등학교	특성화고	공립	충청북도 증평군 증평읍 광장로	디자인과/컴퓨터전자과/건축인테리어과/건설정보과
9	증평정보고등학교	특성화고	공립	충청북도 증평군 증평읍 중앙로	조리과학/뷰티미용/금융회계/유통마케팅
10	진천상업고등학교	특성화고	공립	충청북도 진천군 진천읍 문화3길	창업경영과/사무행정과
11	청주IT과학고등학교	특성화고	사립	충청북도 청주시 서원구 현도면 죽암도원로	사무행정과/판매관리과/스마트소프트웨어과
12	청주공업고등학교	특성화고	공립	충청북도 청주시 상당구 교서로 17	컴퓨터전자과/전기에너지과/정밀가공기계과/항공기계과/화학공업과/기계설계과/융합설비과/산업에너지설비과
13	청주농업고등학교	특성화고	공립	충청북도 청주시 청원구 내덕동	농업기계과/농업유통정보과/산림환경

				내덕로	자원과/동물자원/생활원예과/농업토목과/식품가공과/조경과/바이오뷰티산업과
14	청주여자상업고등학교	특성화고	사립	충청북도 청주시 서원구 모충동 무심서로	경영회계과/금융정보과
15	청주하이텍고등학교	특성화고	공립	충청북도 청주시 서원구 1순환로1137번길 59	자동화시스템과/전기전자과/정밀기계과
16	충북공업고등학교	특성화고	공립	충청북도 청주시 흥덕구 서부로1205번길 52	생산자동화설비과/정밀기계과 전기전자/금형과
17	충북반도체고등학교	마이스터고	공립	충청북도 음성군 금왕읍 무극로	반도체제조과/반도체장비과/반도체케미컬과
18	충북산업과학고등학교	특성화고	공립	충청북도 옥천군 옥천읍 중로	금융회계과/의료전자과
19	충북상업정보고등학교	특성화고	공립	충청북도 청주시 상당구 율량동 율천북로	e-비즈니스과/ 유통경영과/사무행정과/금융정보과
20	충북생명산업고등학교	특성화고	공립	충청북도 보은군 보은읍 자영고길	채소경영과/과수경영과/화훼경영과/특용원예과
21	충북에너지고등학교	마이스터고	공립	충청북도 청주시 상당구 미원면 미원초정로	이차전지과/태양전지과
22	충주공업고등학교	특성화고	공립	충청북도 충주시 용산동 형설로	시스템전자과/건설정보과/자동화기계과/건축디자인과
23	충주상업고등학교	특성화고	사립	충청북도 충주시 호암동 방아길	마케팅경영과/경영회계과
24	한국바이오마이스터고등학교	마이스터고	공립	충청북도 진천군 진천읍 남산4길	바이오식품과/바이오제약과
25	한국호텔관광고등학교	특성화고	공립	충청북도 단양군 단성면 북상하리길	관광비즈니스과/호텔외식조리과

(세종자치시)

N	학교명	학교 유형	구 분	주소	학과
1	세종여자고등학교	일반고 (종합고)	공 립	세종특별자치시 조 치원읍 봉산로	경영사무과/e-비 즈니스과
2	세종장영실고등학교	특성화고	공 립	세종특별자치시 금남면 금남구 즉로	IT콘텐츠과/보건간 호과/뷰티미용과/ 외식조리과
3	세종하이텍고등학교	특성화고	공 립	세종특별자치시 부 강면 문곡달미길	의료화학공업과/ 하이텍기계과

(광주광역시)

N	학교명	학교 유형	구 분	주소	학과
1	광주공업고등학교	특성화고	공 립	광주광역시 북 구 설죽로315 번길 14	토목과/건축과/ 정 밀기계과/전기과/전 자과/기계시스템과/ 기계설비과
2	광주소프트웨어마이 스터고등학교	마이스터고	공 립	광주광역시 광 산구 송정동 상 무대로	소프트웨어공통/ SW과/임베디드과
3	광주여자상업고등학 교	특성화고	사 립	광주광역시 남 구 서문대로 627번길 20	공통과/글로벌비즈 니스과/글로벌금융 과
4	광주자동화설비공업 고등학교	마이스터고	공 립	광주광역시 광산 구 사암로92번 길 136-26	자동화설비과
5	광주자연과학고등학 교	특성화고	공 립	광 주 광 역 시 북구 오치동 능안로	식물과학과/식품 과학과/조리과학 과/애완동물과
6	광주전자공업고등학 교	특성화고	공 립	광주 광산구 월 계동	자동차과/전자통신 과/디자인과/전기 과/에너지환경과/

					자동화기계과
7	금파공업고등학교	특성화고	사립	광주광역시 북구 금호로 80	기계과/생명화공과/전기전자과/첨단장비정비과
8	동일미래과학고등학교	특성화고	사립	광주광역시 남구 천변좌로 604번길 12	토탈뷰티과/광전자정보통신과/전자에너지과
9	서진여자고등학교	일반고 (종합고)	사립	광주광역시 남구 서문대로 742번길 20	간호과/시각디자인과/경영정보과
10	송원여자상업고등학교	특성화고	사립	광주광역시 남구 송암로 73	스마트경영과/스킨테라피과/메디컬복지과/세무금융행정과/세무보건행정과
11	숭의과학기술고등학교	특성화고	사립	광주광역시 남구 방림동 오방로	자동차과/건축인테리어과/신재생에너지과/스마트드론전자과/스마트기계과/스마트설비과/자동화기계과
12	전남공업고등학교	특성화고	공립	광주광역시 광산구 왕버들로 322번길 26	산업설비검사과/건축디자인과/기계과/전기과/화학공업과/토목과
13	전남여자상업고등학교	특성화고	사립	광주 북구 삼각동	공통과정/글로벌경영과/글로벌금융과

(전라남도)

N	학교명	학교 유형	구분	주소	학과
1	고흥도화고등학교	특성화고	공립	전라남도 고흥군 도화면 도화로 476	전기전자과/전자과
2	고흥산업과학고등학	특성화고	공	전라남도 고흥	산업기계과/식품가

	교		립	군 고흥읍 고흥로	공과/e-비즈니스과/드론산업과
3	고흥영주고등학교	특성화고	공립	전라남도 고흥군 과역면 송학큰길	자동차과
4	광양하이텍고등학교	특성화고	공립	전라남도 광양시 광양읍 신재로	스마트팜과/제철기계과/반려동물과/식품가공과/기계과/바이오산업과
5	구림공업고등학교	특성화고	공립	전라남도 영암군 군서면 왕인로 453	전기전자과/한옥건축과/기계과
6	나주공업고등학교	특성화고	사립	전라남도 나주시 대호동 건재로	디지털금형과/전기과/기계과/자동화시스템과/산업플랜트과
7	나주상업고등학교	특성화고	공립	전라남도 나주시 청동 함박산길	사무행정과/금융회계과
8	다향고등학교	특성화고	공립	전라남도 보성군 보성읍 녹차로	부사관과/제과제빵과/자동차과/차산업경영과
9	담양공업고등학교	특성화고	공립	전라남도 담양군 담양읍 죽향대로 1072	광전자과/자동화기계과/건설디자인과
10	목포공업고등학교	특성화고	공립	전라남도 목포시 용당동 용당로	건축과/화공과/전기과/조선기계과/기계과/토목과
11	목포성신고등학교	특성화고	사립	전라남도 목포시 상동 상동로	금융정보과/관광조리과/인터넷정보과/정보처리과
12	목포여자상업고등학교	특성화고	사립	전라남도 목포시 산정동 영산로	세무정보/회계정보/보건경영/금융정보
13	목포중앙고등학교	특성화고	사립	전라남도 목포시 지적로 36	경영정보과/조선산업과/방송영상과/영상미디어과
14	벌교상업고등학교	특성화고	공립	전라남도 보성군 벌교읍 홍암	금융회계과/토탈뷰티과

				로	
15	법성고등학교	특성화고	공립	전라남도 영광군 법성면 용덕로	인터넷쇼핑몰과/보건경영과/물류정보과
16	병영상업고등학교	특성화고	공립	전라남도 강진군 병영면 하멜로	금융회계
17	삼계고등학교	특성화고	공립	전라남도 장성군 삼계면 사창로	부사관과
18	송지고등학교	일반고 (종합고)	공립	전라남도 해남군 송지면 땅끝길	경영정보과
19	순천공업고등학교	특성화고	공립	전라남도 순천시 유동길 50	건축과/화공과/전기과/토목과/자동차과/기계과
20	순천전자고등학교	특성화고	공립	전라남도 순천시 서면 순천로	바이오향장과/전자기기과/해킹보안과
21	순천청암고등학교	특성화고	사립	전라남도 순천시 녹색로 1641	금융회계과/그래픽디자인/보건경영과/보건간호과/라이프케어과
22	순천효산고등학교	특성화고	사립	전라남도 순천시 용당동 삼산로	금융정보과/관광조리과/사무행정과/관광외식서비스과
23	신안해양과학고등학교	특성화고	공립	전라남도 신안군 압해읍 구향길	자영수산과
24	안좌고등학교	일반고 (종합고)	공립	전라남도 신안군 안좌면 중부로	부사관과/경영정보과
25	여수공업고등학교	특성화고	사립	전라남도 여수시 동산동 군자길	전기과/기계과/지적건설과/기계자동차과
26	여수석유화학고등학교	마이스터고	공립	전라남도 여수시 화장동	공정운전과/공정설비과/공정계전과
27	여수정보과학고등학교	특성화고	사립	전라남도 여수시 문수동 여문2로	관광조리/산업디자인/금융정보과/호텔서비스과
28	여수해양과학고등학교	특성화고	공립	전라남도 여수시 돌산읍 돌산로	자영수산과/해양레저관광과

29	영광공업고등학교	특성화고	공립	전라남도 영광군 영광읍 월현로 34	건설기계과/기계과/전자과/식품가공과
30	영광전자고등학교	특성화고	공립	전라남도 영광군 염산면 칠산로	전자과
31	영암전자과학고등학교	특성화고	공립	전라남도 영암군 신북면 황금동로	전자과/정보통신과
32	완도수산고등학교	마이스터고	공립	전라남도 완도군 완도읍 장보고대로	수산자원양식과/수산식품가공과/어선운항관리과
33	임자고등학교	일반고 (종합고)	공립	전라남도 신안군 임자면 임자로	경영정보과
34	장성하이텍고등학교	특성화고	공립	전라남도 장성군 장성읍 단풍로	식품가공과/전기전자제어과/바이오기술과
35	전남기술과학고등학교	특성화고	공립	전라남도 화순군 화순읍 실고길	경영정보과/기계과/전기과/전자과/보건간호과
36	전남미용고등학교	특성화고	공립	전라남도 나주시 영산동 영산포로	미용과
37	전남보건고등학교	특성화고	공립	전라남도 함평군 월야면	의료전자과/보건간호과
38	전남생명과학고등학교	마이스터고	공립	전라남도 강진군 강진읍 교촌길	친환경농업경영과/친환경축산경영과/친환경원예경영과
39	전남자연과학고등학교	특성화고	공립	전라남도 구례군 구례읍	식품가공과/환경조경과
40	전남조리과학고등학교	특성화고	공립	전라남도 곡성군 곡성읍 학교로	조리과
41	정남진산업고등학교	특성화고	공립	전라남도 장흥군 장흥읍 행원강변길	기계자동차과/경영정보과/디지털전자과
42	진도실업고등학교	특성화고	공립	전라남도 진도군 진도읍 교동3길	드론기계과/사무행정과
43	진성여자고등학교	특성화고	사	전라남도 여수	사무행정과/보건복

			립	시 봉강동 봉강서4길	지과/관광레저과/IT경영학과/금융과
44	한국말산업고등학교	특성화고	공립	전라남도 장흥군 대덕읍 도청산월로	말산업육성과
45	한국항만물류고등학교	마이스터고	공립	전라남도 광양시 진상면 신시길	물류시스템운영과/물류장비기술과
46	해남공업고등학교	특성화고	공립	전라남도 해남군 해남읍 남외2길	화공과/건축과/기계과/전기과/전자과
47	호남원예고등학교	특성화고	공립	전라남도 나주시 금천면 영산로	원예과

(전라북도)

N	학교명	학교유형	구분	주소	학과
1	강호항공고등학교	특성화고	사립	전라북도 고창군 고창읍 중거리 당산로	항공기계과/항공경영서비스과/항공정비과/항공전기전자과
2	고창여자고등학교	일반고(종합고)	사립	전라북도 고창군 고창읍 모양성로5	조리과학과
3	군산기계공업고등학교	마이스터고	공립	전북 군산시 송풍동	기계시스템제어과/전기시스템제어과
4	군산상업고등학교	특성화고	공립	전라북도 군산시 석치1길 17	금융정보과/창업경영과/부사관/세무행정과
5	군산여자상업고등학교	특성화고	공립	전라북도 군산시 신지길 42-8	경영회계과/금융정보과/창업경영과
6	김제농생명마이스터고등학교	마이스터고	공립	전라북도 김제시 신풍동 남북9길	바이오식품과/종자산업과/첨단시설과
7	남원용성고등학교	특성화고	공립	전북 남원시 도통동	농업토목과/식물자원과/전자로봇/자동화기계과

8	남원제일고등학교	특성화고	사립	전라북도 남원시 노암동 노송로	목공예과/미용과/조리제빵과/외식마케팅과/미용마케팅과/유통마케팅과
9	덕암정보고등학교	특성화고	사립	전라북도 김제시 하공로 9	조리미용과/금융정보과/조리미용과 미용전공/조리미용과 조리전공
10	백화여자고등학교	일반고 (종합고)	사립	전북 장수군 장계면 장계리	창업비즈니스학과
11	부안제일고등학교	특성화고	공립	전라북도 부안군 행안면 춘헌길	식품가공과/첨단농기계과/기계과
12	서림고등학교	일반고 (종합고)	공립	전라북도 부안군 부안읍 용암로	경영정보과
13	영선고등학교	일반고 (종합고)	사립	전북 고창군 무장면 무장리	생태조경과/자동차과
14	오수고등학교	특성화고	공립	전북 임실군 오수면 오수리	특수용접과/전산가공과
15	완산여자고등학교	특성화고	사립	전라북도 전주시 완산구 덕적골1길 60	금융통상과/재무회계과/관광서비스
16	원광정보예술고등학교	일반고 (종합고)	사립	전북 익산시 모현동1가	공통과정(전문계)/창업경영과/회계금융과/경영정보과
17	이리공업고등학교	특성화고	공립	전북 익산시 남중동	기계과/전기과/바이오화학과/전자통신과/건축과/토목과/건축디자인과/전자과/통신과
18	전북기계공업고등학교	마이스터고	국립	전라북도 익산시 인북로32길 41	폴리메카닉스과/금형설계제작과/메카트로닉스과/로봇자동화과
19	전북유니텍고등학교	특성화고	공립	전라북도 장수군 장계면 장계7길	자동차기계과/조리제빵과

20	전북하이텍고등학교	특성화고	공립	전라북도 완주군 삼례읍 삼례역로	바이오화학과/도제기계과/부사관전기과/드론항공과/전기제어과/전자제어과/자동화기계과/신소재화공과
21	전주공업고등학교	특성화고	공립	전라북도 전주시 덕진구 여의동 여산로	자동차과/건축과/전기과/기계과/토목과/전자과
22	전주상업정보고등학교	특성화고	공립	전라북도 전주시 완산구 따박골2길 21	회계정보과/금융정보과
23	전주생명과학고등학교	특성화고	공립	전라북도 전주시 덕진구 인후동2가 안덕원로	환경산업과/식품과학과/식물과학과/반려동물과/농업토목과/산업기계과/식품조리과/제과제빵과/식품가공과/작물산업과/산림조경과/시설원예과/식량자원과/골프경영관리과/녹지조경과/화훼장식과/애완동물과
24	정읍제일고등학교	특성화고	공립	전라북도 정읍시 수성동 충정로	산업기계과/바이오식품산업과/기계과
25	줄포자동차공업고등학교	특성화고	공립	전라북도 부안군 줄포면 우포로	자동차과
26	진경여자고등학교	특성화고	사립	전라북도 익산시 황등면 황등서로	국제무역과/경영사무과/토탈뷰티과/조리제빵과/m-비즈니스과
27	진안공업고등학교	특성화고	공	전라북도 진안군	기계과/전자과/기

N	학교명	학교유형	구분	주소	학과
			립	진안읍 상역로	게디자인과/디지털전자과
28	칠보고등학교	특성화고	공립	전라북도 정읍시 칠보면 건흥길	전기과
29	학산고등학교	특성화고	사립	전라북도 정읍시 학산로 89	정보산업과/보건간호과/제과제빵과/헤어미용과/호텔조리과
30	한국게임과학고등학교	특성화고	사립	전라북도 완주군 운주면 장선리	컴퓨터게임개발과/소셜미디어학과
31	한국경마축산고등학교	마이스터고	공립	전북 남원시 운봉읍 준향리	말산업
32	한국전통문화고등학교	일반고 (종합고)	공립	전라북도 전주시 완산구 중인1길	조리과학과
33	한국치즈과학고등학교	특성화고	공립	전북 임실군 강진면 갈담리	치즈과학과/조리과학과
34	한국한방고등학교	특성화고	사립	전북 진안군 진안읍 연장리	보건간호과/한방생명과학과
35	함열여자고등학교	일반고 (종합고)	사립	전북 익산시 함열읍 남당리	보건간호과

(대구광역시)

N	학교명	학교유형	구분	주소	학과
1	경북공업고등학교	특성화고	사립	대구 중구 남산3동	건축그래픽디자인과/전자기계과/토목설계과/디스플레이화학공업과/전자전기과/신소재섬유화학과
2	경북기계공업고등학교	마이스터고	공립	대구광역시 달서구 월배로 275	전기전자계열/기계금속계열/기계설계과/정밀기계과/금형제작과/자동화시스템과/전자과/전

					기과/금속과
3	경북여자상업고등학교	특성화고	사립	대구광역시 남구 대명동 명덕로 38길	공통/금융회계과/경영사무과
4	경상공업고등학교	특성화고	사립	대구광역시 남구 대명동 대경길	전기전자과/전자기계과/건설공간정보과/정밀기계과
5	대구공업고등학교	특성화고	공립	대구광역시 동구 신암동 대현로	자동차기계과/섬유소재과/기계과/건설과/전기과/화학공업과/스마트공간건축과
6	대구관광고등학교	특성화고	사립	대구광역시 동구 신암동 동북로 71길	관광호텔과/관광조리과/관광콘텐츠디자인과/뷰티코디네이션과
7	대구농업마이스터고등학교	마이스터고	공립	대구광역시 수성구 노변동 달구벌대로	ICT시설채소과/신수종과수경영과/도시조경과/ICT시설특작과
8	대구달서공업고등학교	특성화고	공립	대구광역시 달서구 학산남로 50	기계과/건축과/전기전자과/금형제작과
9	대구보건고등학교	특성화고	사립	대구광역시 달서구 두류동 두류남길	보건계열/스마트경영과/반려동물케어과/보건간호과/치의보건간호과
10	대구서부공업고등학교	특성화고	공립	대구광역시 서구 내당동 당산로	전기과/전자과/전자기계과/자동화시스템과/소재설계가공과/금속재료과
11	대구소프트웨어고등학교	마이스터고	공립	대구광역시 달성군 구지면 창리로11길	공통과/소프트웨어개발과/임베디드 소프트웨어과
12	대구여자상업고등학	특성화고	사	대구광역시 남구	경영과/금융과

	교		립	현충로40길 50	
13	대구일마이스터고등학교	마이스터고	공립	대구광역시 동구 효목동 효동로	자동차산업계열/자동차부품가공과/자동차금형과/자동차생산자동화과
14	대구전자공업고등학교	특성화고	공립	대구광역시 달서구 용산로 113	전기과/전자과/시각디자인과/전자응용과
15	대구제일여자상업고등학교	특성화고	공립	대구광역시 달서구 본리동 대명천로	공통/국제통상과/회계금융과인터넷비즈니스과
16	대중금속공업고등학교	특성화고	사립	대구광역시 북구 관음로 303-12	기계계열/정밀기계과/자동화기계과/금형기계과
17	상서고등학교	특성화고	사립	대구광역시 달서구 두류동 야외음악당로	제과제빵과/조리과/관광과/뷰티디자인과/연예매니지먼트과/사무행정과
18	영남공업고등학교	특성화고	사립	대구광역시 수성구 만촌동 교학로	바이오화공과/전기정보과/전자과/텍스타일디자인과/전자기계과/자동화기계과
19	조일고등학교	특성화고	사립	대구광역시 동구 신평동 신덕로	전자기계과/공군부사관과/항공기계과/컴퓨터디자인과/소방안전과/건축디자인과

(경상북도)

N	학교명	학교유형	구분	주소	학과
1	강구정보고등학교	특성화고	공립	경상북도 영덕군 강구면 신당꺼길	마켓매니저과/유통경영과
2	경북간호고등학교	특성화고	사립	경상북도 포항시 북구 죽장면 입암리	간호과/치의간호과
3	경북과학기술고등학교	특성화고	공립	경상북도 김천시 아포읍 아포대로	컴퓨터응용기계과/컴퓨터제어전기과
4	경북기계금속고등학교	특성화고	공립	경상북도 경산시 자인면 일연로	정밀기계과/기계설비과
5	경북기계명장고등학교	특성화고	공립	경상북도 칠곡군 지천면 신동로	기계과
6	경북드론고등학교	특성화고	공립	경상북도 청도군 풍각면 헐티로	드론전자과
7	경북생활과학고등학교	특성화고	공립	경상북도 구미시 해평면 강동로	피부미용과/조리과/패션디자인과
8	경북세무고등학교	특성화고	공립	경상북도 포항시 북구 기계면 기계로	광고마케팅/세무회계과/정보처리과
9	경북식품과학마이스터고등학교	마이스터고	공립	경상북도 영천시 신녕면 찰방길 8	식품품질관리과
10	경북자연과학고등학교	특성화고	사립	경상북도 상주시 공성면 문화마을길 23	말관리과/말산업과/반려동물복지과/반려동물미용과
11	경북조리과학고등학교	특성화고	공립	경상북도 문경시 문경읍 향교길 2	제과제빵과/조리과
12	경북하이텍고등학교	특성화고	사립	경상북도 안동시 태화동 경동로	유통마케팅과/도시공간디자인과/스마트전기전자과/도시환경디자인과/에너지전자과
13	경북항공고등학교	특성화고	사립	경상북도 영주시 풍기읍 금계로 9	항공정비과/항공전자과
14	경산여자상업고등학	특성화고	사	경상북도 경산시	보건간호과/사무회

	교		립	자인면 원효로	계과/금융경영과
15	경주공업고등학교	특성화고	공립	경상북도 경주시 시정동 금성로	전기에너지과/드론측량토목과/폴리메카닉스과/스마트전자과/전자제어과/기계자동차과
16	경주디자인고등학교	특성화고	공립	경상북도 경주시 현곡면 용담로	실내디자인과/제품디자인과/세라믹디자인과/공예디자인과/도예디자인과
17	경주여자정보고등학교	특성화고	사립	경상북도 경주시 사래동 시동로	보건간호과/경영정보과/영유아보육과/관광경영과
18	경주정보고등학교	특성화고	사립	경북 경주시 충효동	관광서비스과/IT융합정보과/스포츠마케팅과/경영품질과/품질경영과/물류유통과
19	고령고등학교	특성화고	공립	경상북도 고령군 고령읍 우륵로	실내장식디자인과/조리과
20	구미여자상업고등학교	특성화고	공립	경상북도 구미시 형곡동 형곡로	회계금융과/사무행정과/서비스마케팅과/경영정보과
21	구미전자공업고등학교	마이스터고	국립	경상북도 구미시 임수동 임수로	전자과/메카트로닉스과/전자회로설계/자동화 시스템/로봇제어/전자시스템제어
22	구미정보고등학교	특성화고	공립	경상북도 구미시 검성로 143	사무회계과/유통판매과/창업경영과/금융정보과/글로벌유통과
23	금오공업고등학교	마이스터고	공립	경상북도 구미시 공단동 구미대로 30길	정밀기계과/자동화시스템과/전기전자과

24	금호공업고등학교	특성화고	사립	경상북도 영천시 금호읍 교대길	기계과/자동차산업과
25	김천생명과학고등학교	특성화고	공립	경상북도 김천시 교동 부거리길	산업기계과/동물자원과/식물자원과/조경관리과/식품가공과
26	명인고등학교	특성화고	사립	경상북도 성주군 선남면 도성2길	세무회계/외식조리/제과제빵
27	문경공업고등학교	특성화고	공립	경상북도 문경시 점촌동 영신로	IT전자과/전기에너지과/기계과/하우징디자인과/건축과/토목과
28	봉양정보고등학교	특성화고	공립	경상북도 의성군 봉양면 봉호로	경영회계과
29	삼성생활예술고등학교	특성화고	사립	경상북도 경주시 내남면 이조중앙길	관광조리과/뷰티디자인과
30	상산전자고등학교	특성화고	공립	경상북도 상주시 계산동 상산로	전자과/전기제어과/정밀기계과/IT부품소재과/자동화부품소재과
31	상주공업고등학교	특성화고	사립	경상북도 상주시 낙양동 낙양1길	토목시스템과/철도전기과/건축시스템과/자동차기계과
32	상지여자상업고등학교	특성화고	사립	경상북도 상주시 함창읍 함창중앙로	금융회계과/간호회계과/부사관과
33	신라공업고등학교	특성화고	사립	경상북도 경주시 천북면 천북로	전기과/기계과(자동차기계 전공)/기계과(메카트로닉스전공)/기계과(폴리메카닉스 전공)
34	안강전자고등학교	특성화고	공립	경상북도 경주시 안강읍 안강로	모바일전자과/드론전자과
35	영주동산고등학교	특성화고	사립	경상북도 영주시 하망동 영봉로	보건간호과/미용과/경영·사무과
36	영천전자고등학교	특성화고	사	경상북도 영천시	항공전자과/

번호	학교명	구분	설립	주소	학과
			립	화남면 천문로	전기전자과
37	울릉고등학교	특성화고	공립	경상북도 울릉군 울릉읍 울릉순환로	경영회계과/ 해양레저과
38	의성공업고등학교	특성화고	공립	경상북도 의성군 의성읍 문소1길	신재생에너지전기과/건설정보과/전자제어과
39	청송자동차고등학교	특성화고	사립	경상북도 청송군 부남면 대전로	자동차정비과
40	평해정보고등학교	특성화고	공립	경북 울진군 평해읍 평해리	유통정보과/ 금융회계과
41	포항과학기술고등학교	특성화고	공립	경상북도 포항시 남구 구룡포읍	물류관리과/ 뷰티케어과
42	포항여자전자고등학교	특성화고	공립	경상북도 포항시 북구 용흥로291번길	전자정보과/영상그래픽과/산업디자인과/메카트로닉스과
43	포항제철공업고등학교	마이스터고	사립	경상북도 포항시 남구 지곡동 지곡로	재료기술과/자동화기계과/전기전자제어과/철강기술과/철강생산자동화설비과/철강전자제어시스템과
44	포항해양과학고등학교	특성화고	공립	경북 포항시 북구 여남동	해양산업기술과/해양식품가공과/해양생명과학과/해양산업기계과/해양레저산업과/해양통신시스템과
45	포항흥해공업고등학교	특성화고	공립	경상북도 포항시 북구 흥해읍 동해대로1475번길	폴리메카닉스과/전기에너지과/IT융합전자과
46	한국국제조리고등학교	특성화고	사립	경상북도 영주시 영봉로 28	조리과/제과제빵과
47	한국국제통상마이스터고등학교	마이스터고	공립	경상북도 경주시 감포읍 감포로12길 20	국제무역과

48	한국산림과학고등학교	특성화고	공립	경상북도 봉화군 춘양면 서원촌길 8-14	산림환경자원과/임산물유통정보과
49	한국생명과학고등학교	특성화고	공립	경상북도 안동시 옥동 하이마로	축산자원과학과/식량자원과학과/원예자원과학과/산업기계기술과/식품과학과/산림과학과
50	한국원자력마이스터고등학교	마이스터고	공립	경상북도 울진군 평해읍 월송정로	원전전기계어과/원전산업기계과
51	한국펫고등학교	특성화고	사립	경상북도 봉화군 봉화읍 내성천1길	반려동물과/반려동물뷰티케어과/경영서비스과
52	효청보건고등학교	특성화고	사립	경상북도 경주시 외동읍 모화남1길	기업경영관리과/금융정보과/보건간호과

(부산광역시)

N	학교명	학교유형	구분	주소	학과
1	경남공업고등학교	특성화고	공립	부산 부산진구 전포동	화학공업과/전기전자과/건축토목과/기계과
2	경성전자고등학교	특성화고	사립	부산 서구 서대신동3가	전기제어과/전자제어과
3	계성여자고등학교	특성화고	사립	부산 연제구 거제4동	공통과정(전문계)/관광경영과/외식경영과/금융경영과
4	금정전자공업고등학교	특성화고	사립	부산광역시 금정구 서동 서금로	공통학과/전자시스템과/전자컴퓨터과
5	대광고등학교	특성화고	사립	부산광역시 사하구 동매로 135	3D프린팅과/전기전자과/뷰티아트과
6	대양고등학교	특성화고	사립	부산광역시 남구 지게골로 128-27	IT네트워크/전기전자과/전자통신과/디지털전자과
7	대진전자통신고등학	특성화고	사	부산광역시 금정	전자통신과/컴퓨터

	교		립	구 수림로 92	소프트웨어과/산업디자인과/전기전자과/전자과
8	동래원예고등학교	특성화고	공립	부산 동래구 온천동	식품가공과/도시조경과/도시원예과/화훼장식과/산림자원과/농산업유통과/생물공학과/환경조경과/생활원예과
9	동명공업고등학교	특성화고	사립	부산광역시 남구 용당동 신선로	기계과/전기전자과
10	동아공업고등학교	특성화고	사립	부산광역시 사하구 괴정동 괴정로260번길	공통학과/기계과/자동차과/화학공업과
11	동의공업고등학교	특성화고	사립	부산광역시 부산진구 양지로 50	건축·토목과/전기과/기계과
12	배정미래고등학교	특성화고	사립	부산광역시 남구 문현동 장고개로85번길	경영과/디자인과/미용과/창업경영과
13	부산공업고등학교	특성화고	공립	부산광역시 남구 수영로 196번길	기계과/건축토목과/전기과
14	부산관광고등학교	특성화고	사립	부산광역시 서구 남부민동 천마로	한식조리과/관광컨벤션과
15	부산기계공업고등학교	마이스터고	국립	부산광역시 해운대구 우동 해운대로	기계과/전자기계과/전기과
16	부산디지털고등학교	특성화고	사립	부산광역시 중구 영주동 망양로	디지털전기과/디지털전자과/전자부사관과
17	부산마케팅고등학교	특성화고	사립	부산광역시 부산진구 전포동 봉수로	공통계열/금융정보과/관광서비스과/스포츠건강관리과/보건간호과
18	부산문화여자고등학교	특성화고	사립	부산광역시 해운대구 우동 해운대로469번길	공통과정/보건간호과/패션디자인과/국제관광과/유

					아교육과
19	부산보건고등학교	특성화고	사립	부산광역시 영도구 절영로 163	공통/보건간호과/금융경영학과
20	부산산업과학고등학교	특성화고	공립	부산광역시 강서구 봉림동	신발공통
21	부산세무고등학교	특성화고	사립	부산광역시 남구 대연동 진남로	공통과정/세무회계과/국제통상세무과/경영ERP과
22	부산여자상업고등학교	특성화고	사립	부산광역시 수영구 망미동 금련로	공통계열/무역과/금융과
23	부산영상예술고등학교	특성화고	공립	부산광역시 영도구 신선동3가 영상길	1학년통합과/영상연출과/연기과/영상디자인과/영상제작과
24	부산자동차고등학교	마이스터고	공립	부산 사하구 장림1동	자동차과(공통과정)/자동차과(자동차정비과정)/자동차과(자동차생산자동화과정)/자동차과(자동차부품가공과정)
25	부산전자공업고등학교	특성화고	공립	부산광역시 동래구 온천동 금강로 59번길	기계자동차과/전자시스템과/전자통신과
26	부산정보고등학교	특성화고	사립	부산광역시 부산진구 화지로 24	공통계열/경영정보과/금융정보과/세무회계과
27	부산정보관광고등학교	특성화고	사립	부산광역시 금정구 부곡동 동현로	호텔경영과/호텔조리과
28	부산진여자상업고등학교	특성화고	공립	부산 부산진구 양정1동	공통과정(전문계)/금융경영과 / 유통경영과
29	부산컴퓨터과학고등학교	특성화고	사립	부산 동구 초량6동	공통계열/소프트웨어과/3D콘텐츠제작과/서비스마케팅과/ 금융회계과/컴퓨터금융회계과/스마트미디

N	학교명	학교유형	구분	주소	학과
					어콘텐츠과/스마트소프트웨어과
30	부산해사고등학교	마이스터고	국립	부산광역시 영도구 동삼동 해양로	항해과/기관과
31	부일전자디자인고등학교	특성화고	사립	부산광역시 사하구 감천동 감천로	컴퓨터과/디자인과/전기전자과
32	서부산공업고등학교	특성화고	공립	부산 사상구 덕포2동	기계과/전기에너지과/스마트팩토리과
33	세정고등학교	특성화고	사립	부산 부산진구 양정2동	공통과정(전문계)/보건간호과/스마트경영과/스마트금융과
34	영산고등학교	특성화고	사립	부산광역시 해운대구 반송동 반송순환로	공통과정/보건간호과/웰빙조리과/사무경영과
35	해운대공업고등학교	특성화고	공립	부산광역시 해운대구 우동 해운대로469번길	기계과/전기전자과
36	해운대관광고등학교	특성화고	사립	부산광역시 해운대구 우동2로60번길 38	공통과정(전문계)/관광조리과/관광외국어과/관광경영과

(울산광역시)

N	학교명	학교유형	구분	주소	학과
1	울산공업고등학교	특성화고	공립	울산광역시 남구 중앙로204번길 49	자동화기계과/전기과/전자통신과/화공과/건축과/토목과
2	울산기술공업고등학교	특성화고	사립	울산광역시 울주군 온산읍 덕망로	공간정보과/산업설비기계과/융합디자인과/산업경영과/전기과/인터넷창업과/디지털콘텐츠과
3	울산마이스터고등학교	마이스터고	공립	울산광역시 북구 효문동 율동6길	산업설비과/전기시스템제어과 /정밀

					기계과
4	울산미용예술고등학교	특성화고	공립	울산광역시 울주군 웅촌면 학교길 26	미용예술학과
5	울산산업고등학교	특성화고	공립	울산 울주군 삼남면 교동리	금융서비스과/보건간호과/환경원예과/생태조경과/도시농경영과/농식품가공과
6	울산상업고등학교	특성화고	공립	울산 울주군 범서읍 장금리	상공경영과/물류경영과/경영과/유통과/금융과
7	울산생활과학고등학교	특성화고	공립	울산광역시 동구 화정동 학문로	조리과/보건과/사무행정과/의상디자인과/인테리어디자인과/보육과
8	울산애니원고등학교	특성화고	공립	울산광역시 중구 성안11길 21	컴퓨터게임개발과/창작만화과/애니메이션과
9	울산에너지고등학교	마이스터고	공립	울산광역시 북구 화동2길 28	전기에너지과/신재생에너지과
10	울산여자상업고등학교	특성화고	공립	울산광역시 남구 신정동 두왕로	회계사무과/금융사무과/관광경영과
11	현대공업고등학교	마이스터고	사립	울산광역시 동구 동부동 미포로	조선플랜트기계과/조선해양설비과/조선플랜트전장과

(경상남도)

N	학교명	학교유형	구분	주소	학과
1	거제공업고등학교	마이스터고	공립	경상남도 거제시 계룡로11길 63	조선기계과/조선전기과
2	거제여자상업고등학교	특성화고	공립	경남 거제시 거제면 동상리	회계금융과/경영사무과/마케팅과/레저경영과
3	거창공업고등학교	특성화고	공립	경상남도 거창군 가조면 마상리	전기전자과/컴퓨터응용기계과
4	경남간호고등학교	특성화고	사	경남 산청군 생	간호복지과

			립	비량면 가계리	
5	경남관광고등학교	특성화고	사립	경상남도 창원시 의창구 사림로29번길 12	관광호텔과/호텔제과제빵과/관광조리과/관광경영과
6	경남로봇고등학교	특성화고	사립	경상남도 함안군 대산면 대산중앙로	로봇제어전자과/로봇소프트웨어과
7	경남산업고등학교	특성화고	공립	경상남도 거제시 하청면 서리1길 17	전기과/산업설비과/외식조리과/미용예술과/조경원예과
8	경남자동차고등학교	특성화고	사립	경상남도 진주시 진산로 378	자동차과/전기.전자과/정밀기계과/산업설비과
9	경남자영고등학교	특성화고	공립	경남 사천시 정동면 화암리	자영과
10	경남정보고등학교	특성화고	공립	경상남도 진주시 호탄동 가호방아길	컴퓨터정보과/창업비즈니스과/서비스마케팅과/디지털콘텐츠과
11	경남항공고등학교	특성화고	공립	경상남도 고성군 고성읍 송학고분로	항공전기전자과/항공기계과/항공기체과/항공정비과
12	경남해양과학고등학교	특성화고	공립	경남 남해군 삼동면 지족리	자영해양생산과/해양기술과
13	경진고등학교	특성화고	사립	경상남도 진주시 상봉동 의병로71번길	산업디자인과/뷰티과/컴퓨터전자과/전기/컴퓨터응용기계과/멀티인터넷과
14	공군항공과학고등학교	마이스터고	국립	경상남도 진주시 금산면 송백로	항공통제과/항공전자과/항공기계과/정보통신과
15	김해건설공업고등학교	특성화고	공립	경상남도 김해시 구산동 구지로	건설정보과/건축디자인과/전기.제어과/정밀기계과/중기자동차시스템과/컴퓨터금형디자인과
16	김해생명과학고등학	특성화고	공	경상남도 김해시	농산업기계과/식품

	교		립	금관대로 1239	가공과/동물산업과/원예조경과
17	김해한일여자고등학교	특성화고	사립	경상남도 김해시 삼안로112번길 1	공통과정/경영정보과/세무회계과/금융정보과
18	남해정보산업고등학교	특성화고	공립	경상남도 남해군 고현면 탑동로	정보처리과/식품가공과/컴퓨터디자인
19	마산공업고등학교	특성화고	사립	경남 창원시 마산회원구 합성동	기계과/메카트로닉스과/전기과
20	밀성제일고등학교	특성화고	사립	경남 밀양시 내이동	경영정과/금융정보과/정보처리과/보건간호과
21	사천여자고등학교	특성화고	사립	경상남도 사천시 사천읍 옥산로	회계정보/금융정보/유통정보
22	삼가고등학교	일반고 (종합고)	공립	경상남도 합천군 삼가면 봉두길	조리과
23	삼천포공업고등학교	마이스터고	공립	경상남도 사천시 신항로 63	항공산업과/조선산업과/항공전기과
24	선명여자고등학교	특성화고	사립	경상남도 진주시 남강로 51-25	금융회계과/경영정보과/외식조리과/창업마케팅과
25	신반정보고등학교	특성화고	공립	경남 의령군 부림면 신반리	경영사무과
26	진영제일고등학교	특성화고	공립	경상남도 김해시 진영읍 진영로 265번길 9-4	미용예술과/상업정보과
27	진주기계공업고등학교	특성화고	공립	경상남도 진주시 공단로43번길 25	전자기계과/건설과/기계과/전기과/항공기계과
28	창녕공업고등학교	특성화고	사립	경남 창녕군 고암면 우천리	전기전자과/정밀기계조립과/컴퓨터응용기계과
29	창녕슈퍼텍고등학교	특성화고	공립	경상남도 창녕군 창녕읍 남창녕로 36	중기자동차과/ 원예조경과/ 기계과
30	창녕여자고등학교	일반고	사	경상남도 창녕군	보건간호과

			(종합고)	립	창녕읍 신당길 30	
31	창원공업고등학교	특성화고	사립	경상남도 창원시 의창구 팔용동 사화로	특수산업설비기계과/컴퓨터응용금형과/컴퓨터응용기계과
32	창원기계공업고등학교	특성화고	공립	경상남도 창원시 성산구 두대로 219	컴퓨터전자과/디지털전기과/정밀기계시스템과/컴퓨터응용기계과/특수산업설비과/메카트로닉스과
33	초계고등학교	특성화고	공립	경상남도 합천군 초계면 초계중앙로	멀티자동차과/서비스마케팅과/정보처리과/자동차디자인과
34	한국나노마이스터고등학교	마이스터고	공립	경상남도 밀양시 무안면 신법길 29	나노융합과/전자과/신재생에너지전기과
35	한일여자고등학교	특성화고	사립	경상남도 창원시 마산회원구 양덕서8길 50	컴퓨터정보기술과/컴퓨터응용디자인과/웹솔루션과/금융정보과
36	함양제일고등학교	특성화고	공립	경상남도 함양군 함양읍 함양배움길 27	경영정보과/조경토목과/전자과/농업과/전기과

(제주도)

N	학교명	학교유형	구분	주소	학과
1	서귀포산업과학고등학교	특성화고	공립	제주특별자치도 서귀포시 상효동	인테리어디자인과/자동차과/자영생명산업과/자영말산업과/통신전자과/전자컴퓨터과
2	성산고등학교	일반고	공	제주특별자치도	해양산업과

			립	서귀포시 성산읍 한도로	
		(종합고)			
3	영주고등학교	일반고 (종합고)	사 립	제주특별자치도 제주시 첨단동 길 92	방송영상과/모바일 콘텐츠과/디지털영 상과/컴퓨터공업과
4	제주고등학교	특성화고	공 립	제주특별자치도 제주시 1100로 3213	관광조리과/관광그 린자원과/관광외국 어과/관광경영과/관 광호텔경영과/관 광시스템설비과
5	제주여자상업고등학 교	특성화고	공 립	제주특별자치도 제주시 동문로 89-1	회계금융과/글로 벌유통과/경영사 무과
6	제주중앙고등학교	일반고 (종합고)	사 립	제주특별자치도 제주시 아봉로	문화콘텐츠과/ 금융비즈니스과
7	중문고등학교	특성화고	공 립	제주특별자치도 서귀포시 대포동 일주서로570번길	보건간호과/의료 관광과
8	한국뷰티고등학교	특성화고	공 립	제주특별자치도 제주시 한경면 고산리	토탈뷰티과
9	한림공업고등학교	특성화고	공 립	제주특별자치도 제주시 한림읍 한림중앙로 87	기계과/전기과/ 전자과/건축과 /토목과

※출처: 특성화고·마이스터고 포털(교육부) HIFIVE

저자 소개

- 고졸인재 HRD연구소 대표
- 직업능력개발훈련교사
- 특성화고 취업지원관
  (2011년~2013년, 2018년~2020년)
- 국립 마이스터고 산학협력지원관(2014년~2017년)
- 마이스터고 신입생선발 심층면접관(2014년~2016년)
- 인천광역시 미추홀구 자유학년제 진로강사
- 솔리드(주) 산학협력 사외이사
- 국립공주대학교 금형설계공학과 산학협력위원회 위원
- 前 특성화고 운영위원회 위원
- 교육과학기술부 '필통톡' (미래인재와 교육) 패널
  (2012년)
- 한국고용정보원 Hi(고졸청년층취업지원)프로그램
  전문강사(2012년~2013년)
- 前 중소기업 대표이사
- 인하대학교 금속공학과 졸업
- 용산공업고등학교 졸업